地獄の沙汰も美女次第

林真理子

jigoku no sata mo bijo shidai mariko hayashi

マガジンハウス

合コンガーエバー

目次

美はコカルムに宿る

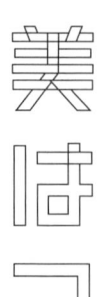

美は身を助ける

地獄の沙汰も美女次第

イラスト

著者

合コン
フォー
エバー

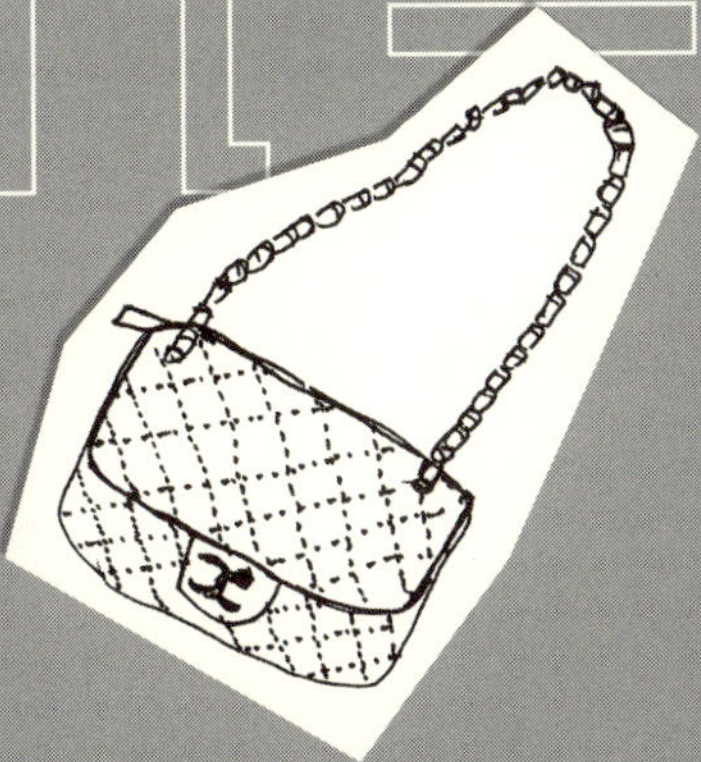

お先マックロ！

久しぶりでヘアサロンへ出かけた。

カットのついでに、カラーリングしてもらうことにした。なんか茶系の髪にも飽きてきたような気もするけれども、まさか金髪や赤にするわけにもいかないものなァ。

「ねぇ、この頃、黒が流行ってるんでしょ」

とスタッフの人に聞いたところ、「ええ、そうです」という答え。

「こんな風なブラックですかねぇ」

と彼女が指さすのは、雑誌の表紙に出ている女優さん。ベリーショートの黒髪だ。

「そう、そう、こんなの」

と、うかつに頷いたのが運のツキであった。サロンの鏡に映った時はそうでもなかったが、家に帰ってもう一度見たら、ものすごく違和感がある。

「ヘン、ハヤシさん、すっごくヘン」

とハタケヤマが大きな声を出す。

「まるでカツラをかぶっているみたいですよ」

確かにこの髪、艶もなければ何のニュアンスもない。ただ、マックロなのである。

さっそく私のファッションアドバイザー、ホリキさんに電話をかけた。

「あ、それは確かに流行ってるワ。マットでうんと黒いやつでしょ」

「そうそう」

「でもそれは、モデルとか、うんとモード系の女のコがやるやつであって……」

ハヤシさんにはかなりむずかしいかも、と彼女は断言したのである。

そしてそのとおり、私の苦悩の日々が始まった。今までの服がなんか似合わなくなったのである。ふだんのグレーや黒といった色のものを着ると、全体が暗く沈んでしまう。メイクもいつもの感じでするると、髪がやけに目立つのである。

ものすごく悩んだまま、田中有久子《ゆくこ》さんのサロンへ。ご存知のように「造顔マッサージ」の創始者ですね。私はこのサロンで、週に一回顔をひっぱり上げてもらっているのである。

が、田中さんもおっしゃる。

「なんか、その髪、ハヤシさんらしくないわ。カツラをかぶってるみたい」

ハタケヤマと同じ意見である。私はため息をつき、顔をクリームパックしている間に雑誌をめくった。セレブマダムのための雑誌「プレシャス」を手にとったら、

「五歳若返るカラーリング」

という特集があり、そこにはとても品のいい素敵な髪の色が出てくる。サロンの住所を

見ると、同じ神宮前ではないか。私はさっそく電話をかけた。

「この雑誌に出ていたカラーリストの方にお願いしたいんですけど、今日はダメでしょうか。さし迫った事態なんですが」

「一時からですと予約とれますよ」

ということで、こちらのサロンが終わった後、急いで駆けつけた。そしてマックロの髪に少し茶色を入れてもらい、艶を出してもらった。これでやっとカツラ状態から脱出出来たのである。

今回のことで驚いたことがある。それは夫からクレームがついたことだ。

「その髪、よくないよ。もっと茶色にしたらどうだ。茶色の方がいいよ。軽く見えるしサ」

今まで私が何を着ようと、どれだけ太ろうと、全く無関心だった夫が、私の髪の色についてはコメントがあった。これはどういうことだろうか。愛情が戻ったのだろうか。それとも男の人は、髪の色にすごく敏感なのだろうか。私にはわからない。

そして先週のこと、ある女優さんと対談した。私とそう年は違わないのに、その美しいことといったらない。肌なんかピカピカ輝いていて、首にもシワが一本もない。それよりも、たっぷりとした髪が、彼女の若さをひき出している。こういう方に向かって、

「どうやったらそんなにキレイになるのですか」

というぐらい愚かな質問はない。あまりにも土台が違うんだもん。しかし私は彼女が書いたエッセイ集をもらった。その中には美しさを保つ食事のことが書かれていた。それに

よると、毎朝ゴマを召し上がるんですって。

それで白髪もなく、髪も増えてくるんだそうだ。私はさっそくスーパーへ行き、練りゴマペーストを二びん買ってきた。そしてパンにつけて食べる。その時ピンポーンとチャイム。宅配を取りに行ったら、おニイさんが私の顔を見てヘンな顔をしている。トイレへ行き、鏡を見てあせった。そう、ゴマのせいで唇が黒くなっていたのである。

唇も黒くなるが、練りゴマというのは、ねとねと歯にまとわりついてすごく気持ち悪い。私はホウレン草をゆでて、和えものにすることにした。

「そうよ、これから朝食はこのホウレン草のゴマ和えにしよう」

といっていた矢先、仲よしの作曲家、サエグサさんからケイタイが入った。

「ねぇ、ねぇ、あさってボクたち新潟へ行くけど、その前に燕三条で降りて、背脂ラーメンを食べよう」

脂ギトギトのラーメンを一回食べたら、すっかりはまったんだって。さっそく行ったところ、茶色と黒の混じったラーメンを指さして言った。

「この色がたまんないよね。おいしそーだよ」

男の人ってやっぱり色に敏感なんだろうか。どうでもいいが、私、ダイエット中なんですけど。

夢はサルコジ婚

いつものショップに行ったところ、サイズ38の春物がまるっきり入らなくなっているではないか。

「サイズ40はお取り寄せになりますね。他店にあるかどうか聞いてみますね」

情けない……。もう店頭に飾ってあるものが入らない体になってしまったのね。

「こうしておばさんになっていくんだろうか。もう男の人からまるっきり相手にしてもらえないおばさんに……」

すべてのヒトヅマ、どんな幸せなヒトヅマでも夢みているシチュエーションがある。それは〝サルコジ婚〟。フランスの大統領、サルコジさんがこのあいだまでしていた結婚ですね。お互いに、配偶者と子どもがいるんだけれども、出会ったとたん、二人は運命的な恋におちる。

「僕も妻と別れるから、君も夫と別れてくれ。そして二人で新しい人生を始めよう！」

いいなァ、こんなの夢だなァ。

しかし、私が最近見てもらったすべての占いの人は、はっきりと言ったのである。

「あなたは必ず二回結婚します」

ということは、まんざらサルコジ婚も夢じゃないのかもしれないワ。

ところで今月はいみじくも占い月となった。

私が占い好きということは、いろんな人に知れわたっているので、情報もいっぱいくる。

あるとき私の友人が言った。

「私の故郷、高松に、すごくあたる占いの先生がいるんです。私、中学生の時に、何歳で結婚して、何歳で離婚するって言われましたが、全部あたりました」

そんなわけで、私も高松の先生を紹介してもらうことにした。

「だけど予約は半年先になりますけどいいですか」

また別の友人が、ものすごく興奮して電話をかけてきたことも。なんでも六本木にいる占いの先生からの帰りだというのだ。

「あんなにあたる人はいない。私、背筋が寒くなっちゃった」

が、ウェイティングは三年というのであるが、予約を入れてもらう。

そして親しい出版社の人から電話が。

「うちから出した霊能力の本は、きちんとしたジャーナリストに立ち会ってもらったちゃんとした本です。読んでくれましたか」

もちろん、と私は答えた。

「その霊視の先生が、大阪から上京します。ハヤシさんのために特別に、時間をつくってもらうことが出来ますよ」

お願いします、と答えていたところ、次々と電話が。高松の先生と、六本木の先生の予約がとれたというのだ。高松の方は半年、六本木の方は一年待ったことになるのだが、なぜか時期が重なってしまった。

「ハヤシさん、こんなに忙しいのに、スケジュールをとるのが本当に大変なんですよ。ハヤシさん、今さら、いったい何を知りたいんですか」

というハタケヤマに、

「あのね、人生に〃今さら〃なんていう言葉はないの」

と説教をたれる私。

「年だから、今さら、だから、というラで終わる言葉を使っちゃ、女はおしまいよ。もしかすると、私にもすっごくいいことが起こるかもしれないじゃないの」

「すっごくいいことってなんですか」

「ダイエットが成功して、カッコいい体型になる、大ベストセラーが出る、大作家になる、ものすごく素敵な恋人が現れるとかさァ……」

ハタケヤマは、フンと冷たく笑うとこう言いはなった。

「ハヤシさん、本当に元気ですねぇ……」

その元気な私は、まず高松の先生のところへ向けて出発。朝一番の飛行機に乗り高松空港へ。車で一時間ほど行ったところに、道場といおうか、お寺のような建物があった。そこの待合室に入り、いただいたコーヒーなど飲んでいると、壁に貼られた表が目に入った。

「今年、大凶の運勢は一白水星です」

ヒェー、私ではないか。しかも表の文字は続く。

「次に悪いのは三碧木星です」

私はこういう四柱推命に弱いが、この星が夫のものだということはわかる。

ヒゲをはやした先生は、表をつくってくださった。

「今年、一白水星のあなたがつき合うと、わざわいが起こる人。それは三碧木星です」

「あの……夫がそうなんですけど」

「別居しなさい」

まさかそういうわけにもいかない。そしてこの方にも言われた。二回結婚すると。誰とかしらと考えながら、さぬきうどんを食べに行った。あまりのおいしさにおかわりした。一杯めは天ぷらうどん、二杯めは釜あげうどんだ。そして空港で大好物の芋けんぴを買い、飛行機の中で食べた。もっと太ったような気がする。

来週は大阪の霊能力者、次の週は六本木の先生とスケジュールがいっぱい。この方たちにも二度結婚すると言われたらどうしよう。こんなデブになった私でも相手は現れるんだろうか。臆病な私は、運命が大きく変わるのが怖くて食べてるのかも。ま、あれこれ悩む前に、ダイエットしろーってんの。

スピリチュアル伊勢ツアー①

すっかり遅くなったが、スピリチュアル・カウンセラー、江原啓之さんと恒例の新年開運ツアーに出かけることになった。

昨年（二〇〇七年）は信州・戸隠神社に行ったことを憶えているだろうか。冬の神社はまわりに誰もおらず、白い雪をさくさく踏み分けていくと、身も心も浄《きよ》められていくようであった。あそこに一泊したのであるが、宿で出してくれたお料理はどれもおいしく、特にうちたてのおそばの味は抜群だった。

「あれは楽しかったねー、また行きたいねー」

と、このエッセイの元担当、ホッシーことホシノ青年とも話していたのであるが、江原さんはもはや超人気者である。このツアーを始めた五年前は、一緒に歩いていても振り返る人もほとんどいなかった。ところが年ごとにすごいことになり、神社へ行こうものなら人が殺到する。人がいないところと選んだ昨年の戸隠神社は別にして、もはやガードマンが必要なぐらいだ。

おととしぐらいまでは、ひとりでふらっといらしたのだが、もうそんなことは無理とな

った。マネージャーに付き人もしっかりついて、本当に忙しそう。つい私たちもお誘いするのを遠慮するようになったのだが、江原さん自身は全く変わらない。

「日帰りになってしまうけど、仕事で行ってるから、向こうで待ち合わせしてお伊勢さまに行きましょう」

と言ってくださったのである。

私もこのあいだ別の取材で行ってきたが、江原さんによると、お伊勢さまこそ日本人の魂のふるさと、すごく強いパワーがあるところだそうだ。ここで江原さんとおまいりすれば、もう何も怖いことはない。今年も元気でハッピーに暮らせるはず。

「だけどね、アムールだけは恵まれないわねぇ」

と私。江原さんは初詣でをするたびにおっしゃる。

「ハヤシさん、今年は絶対に恋人が現れます」

「昔の恋人と復活します」

が、その気配はなかったといってもいい。

二人きりでデイトする男の人は何人かいるが、まあそれだけのことかしらん。やさしい友人たちは、

「あなたって隙を見せないから」

と言ってくれるけど、違うの。隙はあるけど脂肪もあるの。顔は造顔マッサージを毎日してるからわりとほっそりしてると思うが、問題はお腹ね。仲のいい男友だちといると、

世の人々は「メタボコンビ」なんて言う。このお腹を見せるぐらいなら、もう恋人なんか本当にいらないと思う。一生懸命ダイエットしてるけど、あんまり効果はないしさ。

「いいわ、江原さんと一緒にダイエット祈願をしてこよう」

と決心する私。決心のほどを見せるために、名古屋でのディナーをやめようと提案した。なぜなら鰻を食べることになっていたからである。鰻は超ハイカロリーである。

「それにさ、赤福が休んでるのも私にとってはよかったかも。私の大好物だから、買えば四個か五個いっぺんに食べちゃうもんね」

赤福は名古屋駅の売り場で買ってもおいしいが、伊勢の本店でいただくのは最高だ。昔の茶店そのままに、カマドに火がどんどん燃え、釜が煮えたぎっている。その熱湯で淹《い》れてくれるほうじ茶に、店でつくっている出来たての赤福を食べると、おいしさのあまり涙が出そう。一個のあんころ餅に本当に感動してしまうのだ。その本店が閉まってるなんて本当に残念。が、ダイエット的に見れば、まあ、うまく避けることが出来たわけだ——。

なんて言っていたら、テレビのニュースが流れてきた。赤福が営業を再開したんだそうだ。なんと私たちが行く四日前に、赤福がまた食べられることになったのである。

もうこうなったら食べるしかないだろう。食べるしかないといえば、東京駅に新しく出来た地下のショッピングモールにはたまげた。朝の八時に行ったのに、すべてのショップが開いている。ふつうでも手に入りづらいチョコやケーキを揃えた名店もさることながら、私の心を強くとらえたのは、いなりずしの店であった。艶々としたこげ茶色のいなりずしは、店頭でつくっている。

「いえ、いえ、食べてはならぬ」

とエスカレーターで去ろうとしたものの、また戻って買う私のいやしさ。

「ハヤシさん、こういう時は我慢しないで食べましょうよ。頭の中がいなりずしでいっぱいになったら、いなりずしを食べるんです」

と同行のホリキさんが強く勧めてくれる。というわけで、赤福でいっぱいの私の頭の中にいなりずしのスペースをつくり、新幹線の中でいただくことにする。

そして名古屋で近鉄に乗り換え、私たち一行は伊勢市へ。ここのおかげ横丁というところで、私たちは有名な「豚捨《ぶたすて》」という店でスキヤキを食べることになっているのだ。

が、おかげ横丁入り口でタクシーを降りてびっくり。人、人、人の波である。連休のうえに、みんな赤福を求めてやってきたのだと。あまりの人の多さに前に進めないぐらい。

私らに赤福は手に入るのか。江原さんのスピリチュアルパワーは？　続きは次回。

スピリチュアル伊勢ツアー②

さて、前回に続いて開運ツアーの巻。お伊勢さまに行く前に、「豚捨」で、おいしいすき焼きを食べた私たち。

そして猿田彦神社、伊勢神宮の外宮、内宮をまわっておまいりした。この内宮の混み方がハンパではない。行ったことはないけれども、まるで大晦日の明治神宮みたいだ。お社《やしろ》に行く階段は人がびっしりで、ひとつ階段を上がるのに三分ぐらいかかる。私はため息をついた。

「ということは、あと十段上がるのに三十分かぁ……。ひぇ……」

未だに超有名人という自覚がなく、のんびりと階段を進む江原さん。もしここで誰かが騒いだりしたら、大パニックになるはずだ。階段ではもう収拾がつかないはず。私は江原さんの横にぴったり立ち、そのお姿を隠そうとした。

やがてやっと階段の上まで行き、やっとのことでおまいりすることが出来た。この後はお守りをごっそり買わなくてはいけない。なにしろ江原さんと一緒におまいりし、一緒に買ったお守りは、プレミアムつきで大人気なのである。みんなが頂戴、頂戴、というので

あるが、日頃私に親切にしてくれた人にしかあげないわ。

「内宮のお札はとても有難いものですから、これも買っておいた方がいいです」

という江原さんのアドバイスにしたがって、こちらも三つ買っておく。

ところが売店もすごい行列なのである。私はいちばん右に並んだのであるが、これが失敗であった。右の側に見本のガラスケースがあり、これを見ながら人がどんどん行列に流れてくるのである。

「ちょっとオ、ちゃんと並んでるんですよ。列の後ろについてください」

と怒鳴りたいところであったが、神さまの前でそんなこともナンだと思い、じっと我慢した。

おまけにこの行列、売っている巫女さんもまるっきり使えない。要領が悪くて時間がかかるのである。やっと番が来て、私はお釣りのないようにきっちり渡した。場を離れようとしたら、

「ちょっと、五十円足りません！　五十円！」

と鋭い声。そんなはずはないだろうと戻ったら、五十円玉が売り物の上に落ちているではないか。私の後ろに並んでいた江原さんのマネージャーによると、

「自分が受け取る時に落としたんですよ」

とのこと。

「ちょっとオ、ちゃんと見て。私、恥をかいちゃったじゃないの」

とまたまた怒鳴りたくなったが、神さまの前なのでじっとこらえた私。本当に神社におまいりするということは、なんて心が清らかに辛抱強くなるんでしょう。

そして東京に戻って、私はお守りを配ることにした。ちょうどその日にご飯を食べたミポリンこと、中井美穂ちゃんにもあげたらすごく喜ばれ、お返しにチョコレートをくれた。ちょっと体の具合が悪い友人には「元気を出して」というカードと共に送ったところ、さっそく感謝の電話があった。

「マリコさん、ありがとう。今度治療に行く時は必ず持ってくわ」

そうよね、友の幸福のため、世界平和のため、自分の愛のため、ちゃーんと心を込めて祈ってきた、お守り。みんな、

「マリコさんのその心がうれしいの」

と言ってくれる。

そう、そう、このお守りをとても必要としている人物が。今年大学受験の姪っ子である。東京の大学を受験するために、家に泊まることになった。彼女はこのあいだの大学入試センター試験の結果が思わしくなく、国立をあきらめ、私立に絞ったいわば背水の陣である。

「これはふつうのお守りじゃないよ。江原さんと行って、おばちゃんが一生懸命祈ったお伊勢さまのお守りだからね」

「おばちゃん、ありがとう、おおきに！　うち、がんばるわー」

まだ結果は出ないけれども、なんとかこのお守りで受験を乗りきって。そう三年前、こ

のコの高校受験の時も、江原さんと行った開運ツアーで、お守りを買ったんだわ。一刻も早く送りたくって、ホテルの宅配便を頼んだ。私ってなんていいおばちゃんなの。

そして今日、編集者とお芝居を観に行った。聞いたら、彼女のお嬢さんも今年大学受験だそうだ。

「じゃ、これ。これ、江原さんと行ったお伊勢さまのお守りよ」

私は最後の一個を彼女にあげた。涙ぐまんばかりに喜んだ彼女。おしいただくようにして受け取るではないか。ホーントにいいことしたような気がしたわ。

さてお芝居の後は、高速飛ばして家へ帰り、ヘアメイクしてもらって、着物を着付けてパーティへ。まるで女優さんのような一日ね。朝は田中宥久子さんに顔筋マッサージをしてもらい、その後プロにヘアメイクしてもらった私は、そおパーティでも人気の的よ。ある有名な政治家の方がいらして、ご挨拶したら、びっくりしたように足を止められた（本当）。

「ハヤシさん最近どうしてそんなに綺麗なの」

「おほほ、顔筋マッサージやってますの」

「ボクも四日前にしてもらったばかりだよ」

ひぇーっと驚く私。あとメールにも「着物姿が素敵」「すっごく綺麗でした」という声が続々と。お守りの効果そろそろきたかしらね。

二丁目系vs.八丁目系

最近また着物を着るようになった。

ひと頃、凝りに凝ったから、私の着物の数はハンパじゃない。

が、着物の時の髪型が今ひとつきまらない。街のサロンでもそうだし、最新の髪をしてくれるヘアメイクさんもそうだけれども、この頃の人って、逆毛をたててくれないんですね。私の場合はパーマをかけていないこともあり、着物の時の髪型がカジュアルすぎる。もう少しつくり込んでほしいんだけれども、みんなあっさりとブロウしてくれるだけ。

「思いっきり、ボリューム出してほしいの」

と言っても無視されてしまう。

そんなある日、ディナーパーティで向かいに座った、某女性誌編集長がすごく素敵な髪だった。私と同じぐらいの長さなのだが、後頭部がふんわりふくらんでいるので、とても華やかに見える。

「その髪、パーティにぴったり。いったいどこのサロンなのかしら」

と聞いたところ、

「あーら、エクステですよ」

という返事。

「パチンと後ろで留めるだけなので、すごくカンタンなの」

「でもそういうのって、高いんじゃないの」

「ハヤシさん、カツラじゃないんだからいくらもしませんよ。このエクステで一万八千円ぐらいかしら」

ということで、それを扱っている青山のサロンへ出かけることにした。ここのオーナー美容師の方が、このエクステを考案したんだそうだ。テレホンショッピングにも出したところ、売れに売れて生産が間に合わないぐらいだそうである。

「すぐに大手が真似しましたけど、うちみたいに留めるところがギザギザになっていません。これがあるから自然になるんですよ」

まず地毛をひとつかみ上げ、ピンで留める。その下にエクステをつけ、パチンパチンと留める。そしてこのエクステの〝窓〟から、下の地毛をひっぱり出すのだ。

「ほーら、カンタンでしょ」

なるほど私にも出来そうである。さっそく購入することにした。特に名を秘すけれど、スタイリストさんの紹介で、かの大物女性アーティストもこのあいだお買い上げになったそうだ。

「ハヤシさん、気分を変えたい時は、こんなのもありますよ」

と店長さんが出してきたのは、ロングのエクステ。ふわんふわんとカールしてある。

「ちょっとつけてみましょうか」

ということで垂らしてみたら、乙女チックでかわいいじゃないの。

「これもいただきます！　二つともつけたまま帰ります」

そして青山通りを歩いたのであるが、道ゆく人が何かヘン。やたらジロジロみるのである。

私はいつもふつうに電車に乗り、ふつうに歩いているが誰にも気づかれない。というよりも目にもとめてもらっていない。風景のひとつとして全くなじんでいるはずだ。それなのにこの注目度はいったいどういうことであろうか。

青山通りのショーウインドウのミラーで確認。そして納得した。

なんてゴージャスすぎるヘア。後頭部は思いきりふくらまして、肩にはカールの髪が垂れている。そしてこのゴージャスさがなんとも、不気味な感じをかもし出している。

そお、私はすっかりエビちゃんのつもりでいたのであるが、そこに映っていたのはオカマのおっさんだったんですね。そお、二つのエクステはあきらかにつけすぎであった。昼ひなか、こんなパーティ行くような髪をしているのは、あの方たちぐらいしかいない。肩幅も背もある私が、地味なコートにこの髪では、新宿二丁目から来た人としか思えない。

そんなわけで私は、急いで家に帰り、ロングのエクステをはずした。後頭部だけだったら、もちろんいい感じ。

そして着物に着替えて、パーティへ出かけた。大きな文壇関係の集まりである。私もいつもちゃらちゃら青山あたりで遊んでいるわけではないの。出るべきところへ出れば、まあ、ちゃんと女流作家をやっているわけ。

そしてパーティが終わった後は、超大物作家の先生と共に八丁目へ。二丁目といったら、オカマさんの生息地であるが、八丁目といったら美女が集まるところ。そお、夜の銀座八丁目に行ったのである。

編集者たちと合流し、みんなで盛り上がる。このお店は銀座でもダントツ一位の格式と人気を誇る。えらい先生と一緒でなければとても行けないところだ。ホステスさんも選び抜かれた美女ばかり。こういうお店で大切なのは、女性のキャラがかぶらないことだそうだ。だからアイドル系もいれば、正統派美女、着物の似合う和服美人もいる。

私の前には、別の四人のグループの席があり、男性二人は人をはさんで私と向かい合う格好になる。私はやがておかしくてたまらなくなってきた。すんごく高いお金出して、目に入るのが綺麗なホステスさんではなく、着物姿の私だなんて、なんて気の毒なんだ！まさか私のこと、年増のホステスとは思わないよね。いっそのことトイレに立ったついでに、

「マリコさんでーす」

と名乗って座ろうかなと、ついニヤニヤしてしまう私であった。

〝詐欺〟美人

先週は美食とワインの日々であった。

月曜日は二ツ星フレンチ。

火曜日は三ツ星フレンチ。

木曜日は一ツ星和食。

そして金曜日は三ツ星レストランでワイン会。全部で九つの星を食べた。

こんな日々が続いて、痩せるわけがないじゃないの。

月曜と木曜はご招待だったが、火曜は私の方のご招待、そして金曜はワリカンとお金の方も出ていく、出ていく。しかし、ビンボーになり、デブになる。デブになるとおしゃれする気が失せ、洋服を買わなくなる。よってお金を遣わなくなる。そしてそれが食費へまわる……と、結構世の中うまくまわっているもんですね。

こんな私の生活が認められ、なんと今年（二〇〇八年）名誉ソムリエに選ばれた。本物のソムリエと違って知識はなくてもいい。ただ、ワインが好きならよかったみたいだ。その認証式に出かけ、真赤なガウンを羽織った私である。

だが、ここで美しい女優さんの横に立つはめになり、すっかりめげてしまった私である。そう年も違わないはずなのに、あちらの美しいことといったらどうであろう。日々、努力をおこたらない人には、美しさというご褒美を神さまがくださるのである。

が、努力しないでも、このご褒美をいただける場合もある。そお、整形手術ですね。先日、某週刊誌で、渡辺淳一先生が中村うさぎさんと対談をしていた。うさぎさんというのは、全く隠しごとをしない人なので自分が整形手術したこともあけすけに語っている。それによると、もう数えきれないぐらい手術を受けたそうだ。顔はもちろん、豊胸手術も、私がやりたいと思っている脂肪吸引もしたというのでびっくりした。

うさぎさんのことを、もともと手術なんかする必要のない美人だと、私は長いこと思っていたのであるが、ビフォーの写真を見ると年相応のやつれもある。が、アフターはばっちりお化粧をしていることもあり、まるで女優さんみたい。これを見ると、やはり手術はすごい、と思う私である。

昨日、渡辺淳一先生にお会いしたら、その対談のことが話題になり、

「ハヤシ君も、もうちょっとたったらやるといいよ。僕がいい先生を紹介してあげるから」

という有難いお言葉をいただいた。

「でもー、私、造顔マッサージを一生懸命やってますし……」

「あのねー、一回手術をすると、もうエステなんか馬鹿馬鹿しくってやっていられないって言ってるよ。そのくらい、今の技術はすごいんだから。リフティング手術をすれば、あ

っという間に十以上若返るんだから」

お医者さんでもある渡辺先生の言葉に、かなり心が動く私である。が、どうせやるからにはリフティング手術だけではイヤ。一生に一度鼻筋のすうっととおった高い鼻を持ちたいし、顎ももうちょっと出したいワ……。

テレビで見ていて、整形したタレントさんや女優さんを見分けるコツは、Eラインだと思っている。手術をした人というのは、まるで欧米人のように顎が前につき出ているのだ……。いけない、こんな憎まれ口を叩いているうちは、まだ手術をする心構えが出来ていないのかもしれない。

こんなことを言うと、すごくうぬぼれているように思われるかもしれないが、世間では私はとうに整形手術をしたと思われているらしい。造顔マッサージの田中先生もおっしゃった。

「うちに来るお客さんの、ほとんどすべての人が、ハヤシさんは整形したと言ってますよ。そうでなきゃ、あんなに顔が変わるはずがないって」

これは週に一度自らしてくださる先生のマッサージのおかげなのであるが、私もいろいろ工夫している。

まず写真にすごくうるさくなった。芸能人のようにいろいろチェックはしないものの、来てくれたカメラマンに、

「ブスに撮ったら、本当にイヤーよ」

と必ず言ってプレッシャーを与える。一回うんと綺麗に撮ってくれたカメラマンのことは憶えていて、その方に次もお願いしたりする。そして必ずヘアメイクをつける。よくわからない雑誌の初めてのカメラマンは不安なので、こちらが用意した「公式美人写真」を使用してもらう。

こうして人から〝詐欺〟と言われる美しい写真が世の中に出まわるようになったのである。

そしてこれがいちばん大切なことであるが、出来る限りテレビに出ないようにする。全身くまなく映して、顔もアップになるテレビでは、すべてのことがバレてしまう。よって私は、テレビに出るのは年に二回か三回、本のパブリシティの時、しかも上半身だけのトーク番組と決めているのである。

見よ、この涙ぐましい努力。

しかしそれにしても、脂肪吸引というのは心ひかれるなァ……。が、お腹がでこぼこになるという噂もあるしな。

私はこの頃、毎晩バランスボールで腹筋をしている。ドン・キホーテで買った千円のやつ。

「もう少し自力でやろう」

とつぶやきながら……。

合コンアフターストーリー

A氏というのは、私の大好きな男友だち。ハンサムで知的な俳優さんである。

そしてこのA氏のお友だちに、Bさんという某大企業の御曹司がいる。なんかセレブとばっかりつき合っているようであるが、このB氏と私が出会ったのは本当に偶然である。

私の故郷・山梨の「物産パーティ」に参加するため、六本木ヒルズというお派手な場所にある、ハリウッドホールというシブいところへ向かう私。

エレベーターホールはわかりづらいところにあり、あたりには人がいない。

「本当にここでいいのかしら」

と待っていたら、あちらからひとりの男性がやってきた。そうハンサムというわけでもないけれど、品がよくて穏やかな感じである。すばやく私の頭の中のパソコンが動き出す。

「お、なかなか私好みじゃん。だけどすごく洗練されているし、どうしてこの人が山梨県のパーティに来たのかしら。出身者かしら。でも、そんな風でもないワ」

と、一緒のエレベーターに乗りながら、いろいろ詮索したワケ。こういう時の私の好奇心といおうか、〃知りたい〃という欲求はハンパじゃないと思う。

そしてパーティ会場に到着し、あれこれ顔見知りと出会う私。私が誘っておいたA氏もやってきた。この後、別の友だちとも待ち合わせてイタリアンを食べることになっていたのである。

そしたらA氏ったら、あの〃エレベーターの彼〃を連れているではないか！

「ハヤシさん、紹介するよ。ボクの飲み仲間なんだ」

名刺をいただくと、さる大企業の名と、そこの創業者一族独特の苗字が。そうか、道理でお品がよかったわけだ。

そして彼も加わって一緒にレストランへ行ったのであるが、酔ったその方が言う。

「さっきエレベーターの前でお会いした時、声をかけようかどうか、本当に迷いました。ハヤシさんってやっぱりすごいオーラ出してるんですね。十メートル先からでも、ふつうの人じゃないっていってすぐにわかりました」

「えー、そんなァ。ご覧のとおり、ふつうの女ですわー」

と、ふふっと笑う私。

ハヤシマリコの小説だと、恋がめばえる瞬間ですね。

そしてつい先日も、A氏とB氏の三人でさんざん食べて、さんざん飲んだ。

そして御曹司B氏は言う。

「僕はハヤシさんにお会いしてから、ハヤシさんの本を何冊も読むようになったんです」

お、ますますいい感じである。

「その中で、○○という小説がすごく面白かったんですけど、あの中に出てくる女性は本当にいらっしゃるんですか」

「そのとおりじゃないけど、モデルになってくれた人はいますよ」

どういう小説かというと、〃魔性の女〃と呼ばれる女性をテーマにしたものである。

「いっぺんでいいから、ああいう女性と会ってみたいです」

と御曹司はため息をついた。

「そうだよ、そうだよ。すっごい美人なんでしょ。いっぺん会ってみたいよなー」

とA氏も言うもんで、合コンをセッティングすることになった。

そしてその合コンがおとといのこと。待つ中やがてC子ちゃん登場。三十代半ばであるが、その美貌は衰えることはない。それどころか、大人の色香がたっぷり。

私が思うに、モテる女の人っていうのは必ずといっていいほど、表情が豊かですね。C子ちゃんも大きな目をくるくるさせて、よく喋り、よく笑い、よく飲む。向かいにC子ちゃんと、もうひとり私の友人D子ちゃんが座り、こちら側にA氏、B氏、幹事役の私が座っていたので、私は彼女の表情がよく見てとれた。

最初彼女は、A氏のことをからかって、

「今度一緒に『FRIDAY』出ましょうよ」

と言っていたのであるが、やがて視線はB氏の方へ。その時、彼女の目がキラッと光ったのを見た。確かに見た！

こういう時、対抗意識を燃やして、ずうっといるのはお子さんのすることですね。私は翌日の朝早いのでさっさと帰ってきた。仕事があるD子ちゃんも一緒。彼女も感嘆していた。

「やっぱり〝魔性の女〟ってすごいですよね。ただ座ってるだけで、オーラを発してオトコの人をトリコにするんですね」

そうね……、本当にそうね。

そして次の日、あの後のことを自分から聞くのはとてもはしたない行為である。私は辛抱強く電話を待った。やがてケイタイに、

「昨日はご馳走さま」

というA氏からの電話が。

「昨日は、あの後三軒もまわっちゃって、もうよれよれ。Bさんってふつう一次会で帰る人なのに、最後までいたんだよ。びっくりだよ。C子ちゃんのこと、すっごく気に入っていたみたいだよ。あれ、まずいことになるかもねぇー」

ふーん、あのお堅いBさんがねぇ……。やっぱり魔性のオーラは、私のエレベーター前のオーラと、意味が全く違うものだったのねと、しみじみ思う私である。ま、いいけどさ。合コンの後のことはつべこべ言わない。これ、いい女の鉄則ですっ！

オンナの欲は限りなし！

昨年末から今年にかけて、こまめに本が売れ、私の口座にはかなりまとまった額のお金が……。

こういう時、お金を遣わずにはいられないのが私なんですね。人におごりまくり、パリでバーキンをオーダーし、いつものショップで服もどっちゃり。もっとついでに、銀座のギャラリーで見たとても素敵な絵を買うところまでいったところ、税理士さんがやってきた。

「ハヤシさん、これが四月中に払う所得税です。ご用意願います」

一瞬にして青ざめる私。今、口座に残ってる金額とほとんど同じではないか。そうか、このお金を遣ってはいけなかったのか。税金のことをグチると、自慢してるみたいでイヤらしいのであるが、おととしなんか、本をあんまり出さなかったので収入が少なく、税金を払うのがどんなに大変だったか……。未使用のクロコのバーキンを友人に買ってもらったぐらいである。

が、人間つらいことはすぐに忘れてしまう。ちょっと資金ぐりがラクになると、気が大

これがオーダーバーキンです。

きくなりすぐに遣ってしまう。この繰り返し。おかげで資産運用とか、貯めるとかにはほど遠い暮らしで、典型的な自転車操業というやつである。

私は家に来た税理士さんにこぼした。

「このあいだ新聞読んでたら、外資の証券会社Gの、平均年収が六千万円ですって！　そんなのありィ？　サラリーマンのお給料が六千万円なんて」

「ハヤシさん、そうはいいますけど、彼らも大変なんですよ。いつまで続くかわからない」

「私たち自由業だって、いつ体を壊すか、いつ世の中から取り残されるかわからない。毎日ヒヤヒヤですよォ」

「外資の金融の人たちはね、毎日、夜中の一時二時まで働いているんですよ」

なんだかヤケにあっちの肩を持つので私もムキになった。

「だったら、外資の金融マンの奥さんたち、いちばんいいじゃないですかッ。夫は稼ぎはいいし、毎晩夜中まで帰ってこない。最高じゃないですかッ。うちの夫みたいに、稼ぎはふつうのサラリーマンで、毎晩七時に帰ってぐちゃぐちゃ小言たれるのもいるのに」

「ハヤシさん、まあ、まあ」

と税理士さんは私の剣幕におそれをなした。

私は本当に外資系企業に勤める夫を持つ奥さんが羨ましい。お金とヒマはどっさりあって、しょっちゅう海外に行ってる。ダンナも自分の仕事が忙しいので、あまり文句を言わないみたいだ。

このあいだ近所の友人とお茶をしていた。彼女のご主人は外資の銀行に勤めている。

「ねぇ、ねぇ、日経新聞に出てたけど、Gって平均年収が六千万円なんですってね！」

するると私よりずっと若い彼女は、ちょっと憂うつ気に眉をひそめた。

「うちはもっともらってますけど、税金が大変で大変で……。いくらもらっていても、年収二千万ぐらいの人と同じじゃないかしら」

ガーンと、後頭部叩かれたような気分。世の中ってこんなになっていたんだ。今は、近所に住むふつうのサラリーマンでも、こんなにお金持ちの時代なんだ。結婚するならやっぱりエリートだわ。それも外資の金融だわ。

「あなたっていいわァ……羨ましい。わりと早い時に最高の男性つかまえたわね。十年前、外資の男性ってまだ世の中にそんなにいなかったのにねぇ」

私は羨ましさのあまり、つい失礼なことを口にした。すると彼女の表情がキッと変わった。

「いいえ、ハヤシさん。世の中には私よりももっとすごい女がいっぱいいるんですよ。もうエリートで稼ぎのいい男性を手に入れることに命を賭けてるような女」

「へぇー、そんな古典的な女、まだいるんだ」

彼女はこんな話をしてくれた。大学生の時に東大卒の銀行マンと知り合った。彼女も一流大に通う女子大生なので、まあ釣り合いはとれている。しかしつき合うというところまでいかないまま、彼は企業留学でアメリカへ行った。そして毎日電話があり、一度来てく

れないかと言われたそうだが、

「結婚の約束もしていないのに、そんな……」

と、いいところのお嬢である彼女はOKしなかった。そこへ参入したのが、某二流女子大の女のコ。

「私が立候補してもいいかしら」

と堂々と名乗りをあげ、何度も何度もアメリカへ行ったそうだ。最初は相手にされなかったものの、人さみしいのとその熱意にほだされて彼も彼女を受け入れるようになり、やがて結婚。彼はほどなく外資に移り、ヒルズだかミッドタウンに住んでいるんだと。

「ああいう女はプライドというものがありませんからね。すべてをかなぐり捨てて何でもやります」

と憎々し気な表情になった。

「でもあなただって、エリートの高収入の旦那さんだからいいじゃない」

「いいえ、外見はあっちの方がはるかに上なんです」

ときっぱり。女の欲は限りがないとしみじみ思った。この話を帰ってイヤミったらしく夫にしたら、

「やめてくれー」

と布団をかぶってしまった。うう、格差社会の不満って、こういうとこから始まるんだ。

京女の美意識

春の京都へ行ってきた。

ちょっと早いかなァ、と思っていたけれども、晴れた日が続き、二日めには鴨川のほとりの桜が開き始めたではないか。

桜が満開になったら、もっとすごい。京都の街のあちこちに桜色のもやが漂っているようになる。一度平安神宮の桜を見に行ったことがあるけれども、それはもう「細雪」の世界。気が遠くなるような美しさである。また桜の満開の頃に行ってみたいと思うものの、ホテルがまず取れない。どんな小さなところも満室になってしまう。あの苦労を思うと、桜のシーズンに京都へ行こう、なんていう気は失せてしまうのである。

さて今回、一日めは雑誌の取材で石山寺へ。今年（二〇〇八年）は源氏物語千年紀ということで、私も源氏に関する連載をすることになったのである。

「なんとかまともな仕事が出来ますように。心を入れ替えて勉強しますのでよろしくお願いします」

とおさい銭をあげ、ひたすら祈る私である。

夜は食事の後、いつものようにお茶屋のぼんちゃんのところへ。昼間頼んでおいたので、舞妓ちゃん、芸妓さんが三人来てくれた。仕事のスタッフをご招待し、ワインとシャンパンを抜く。

源氏を訳すぐらいの女流作家は、このくらいのことをしなくっちゃね……。

「何でも好きなものを飲んで頂戴。オホホホ……」

瀬戸内寂聴先生のような大作家になった気分で、いっきに太っ腹になる私。が、大丈夫。京都はすべてリーズナブルどすぇ。一年に一回ぐらいは、女の私でも払えますぇ。

Mちゃんは、前から私がかわいいなーと思ってる芸妓さん。のびのび大きく育っていて、スポーツやっていたといってもうなずける体型だ。ハキハキいろんなことを喋ってくれる。最近舞妓ちゃんになりたいという女のコが増えて、全国からインターネットでどんどん応募してくるそうだ。びっくりするぐらいの数で驚いた。

「だけどお客さんはちっとも増えしまへん」

この頃のお金持ちは、京都の花街では遊ばないそうだ。ＩＴ関係や外資の若いお客さんなんか、見たこともないという。

私が男で、お金持ちなら、京都なんか週末来てがんがん遊んじゃうんだけどなァ。

いや、お客になるよりも勤める方がずっといいかも。私がもし若くて、標準以上の容姿をしていたら、絶対にインターネットで舞妓ちゃんに応募していたと思う。どんどん女としての価値が上がる気がするもの。

そして次の日は、エッセイストの麻生圭子さんの家へ遊びに行った。

麻生さんとは昔からの友だち。知り合った頃の彼女は、売れっ子の作詞家で、コムデギャルソンを着てポルシェを乗りまわしていた。そりゃあカッコいい、都会の女の代表のようであった。

が、結婚を機に麻生さんは京都に住むようになったのである。それも古い町家を一生懸命、手入れして暮らすようになったのだ。

私が遊びに行くからと連絡すると、とても喜んでくれて、

「それではお茶と懐石をさし上げたい」

ということになったのである。

私は古い京の町家に興味シンシンであるが、絶対に自分では住めないと思う。自信がある。だって掃除だけで毎日二時間かかるんですって。おまけに家が傷むから、冷暖房をつけられないというのだから、ヒェーッという感じ。掃除大っ嫌いで、モノが溢れていて、床暖房なしでは生きられない私には、到底無理な話である。

そして、当日車が着けてくれたところは、古い家が残る町並。一軒の商家の脇の路地を入っていく。このアプローチが息を呑むほどの美しさ。細い路地の両側には美しい苔がびっしり生えている。

そして茶会の作法どおり、障子を少し開けて私を待っていてくれた麻生さん。橙色《だいだい》の着物をお召しだ。そしてお茶室に通される。庭伝いに行く本格的なお茶室ではないか。す、

すごい。

「とても簡略にしましたけど、一服差し上げます」

と謙遜《けんそん》しながら、お茶をたててくれた。

それにしても、なんて素晴らしいおうちなんでしょう！　お茶室も素敵だけど、何間も続く静かな古いうち。二百二十坪、築八十年というこのおうちは、最初は荒れ果てていて、野良猫のすみ家だった。相続したばかりの家主さんにかけあって、住まわせてもらうことになったのだが、ここにくるまで、すごくお金と手間がかかっているのはひと目でわかる。建築家のご主人だから出来たこと。

お台所なんて、昔のままになっていて、天井は高く、マッチで火をつけるガスも最近見たことない。下駄をはいてお料理するのだ。

「わ、冬は寒そう」

「寒いわよー」

「ところでアソウさん、トイレどこ」

いったん外廊下に出てつきあたりにあった。こんなに広いおうちでも一ヶ所だけなんだって。冬の夜なんか二階の寝室から降りてくるのね。私、この頃トイレ近いから、途中で我慢出来ないかも……。

これだけ美しい家に住むのはどれだけ大変かしらん。私は麻生さんを本当に尊敬した。京に来ると女はみんな深い美意識を持つみたいである。

お花見バースデー

ご存知の方もいるかと思うが、私の誕生日は四月一日である。

以前はそうでもなかったが、この頃は桜の盛りとなる。桜が咲き乱れる頃に生まれた私って、なんてステキなの……。

私は今まで〃桃見の会〃というのはしても、桜のお花見で宴会をする習慣がなかった。

なんか酔っぱらいが多く、あたりにゴミが散らかっているというイメージがある。

だから上野の山からの中継をテレビで見るたび、

「わー、大変そう」

と思っても、羨ましかったことはない。あんなにたくさんの人がいるところでは、おちおちお酒も飲めやしない。

「うちは近くにステキな公園もあるしさ」

とハタケヤマに言う。歩いて三分のところに、そう小さくない公園があり、そこの数本の桜が実に見事なのだ。昨年はお弁当を買って、その下のベンチで食べた。とても楽しかった……と思ったのは私だけか。

とにかくうちのハタケヤマというのは、相当のカワリモンである。外に出かけるのが大嫌い。プライベートを徹底的に守る。なにしろ十八年間一緒にいて、私と夕ご飯を食べたのはたった二回だけ。

自分のペースが乱れたり、すぐ近くでも外でご飯を食べたりするのは嫌なのだ。

「ねぇ、おいしいお弁当買ってきたから、公園行って食べようよ」

と私が提案したところ、

「私、いろいろやることがあります。イヤったらイヤなんです」

だと。世の中に「花見型人間」というのがあると思うが、ま、ハタケヤマっていうのはそれとはまるっきり遠いかも。

そんな冷たい仕打ちにあった次の日、私は上野へ行った。そお、あの人でごったがえしている上野である。が、月曜日の昼間ということもあり、人はまだ出ていない。それに方向も違う。私は今日はお仕事で、美術館に出かけたのである。本当は月曜日は休館なのであるが、取材ということで特別に開けていただいたのだ。

途中から、仲よしのホリキさんと、ホッシーも加わり、みんなでヴィーナスを鑑賞。この後は上野公園の中のレストランで、うんと遅い昼食といおうか、うんと早い夕食といおうか、三時半から食事をいただくことになった。後からわかったことであるが、このお店は桜の時期は予約でいっぱい。お昼も夜もとれない。三時半からの予約というのは実に正しい時間だったのである。

「わー、お腹すいた」

とはしたない声をあげながら二階にあがったら、カウンターの向こうはテラスになっていて、桜の花が散っているではないか。たそがれにはちょっと早い時間、ちらちらと落ちてくる桜の花びらの美しいこと。

「まあ、なんてステキな景色」

私たちはいっせいに声をあげた。カウンターの横は小さな個室になっていて、そこからも桜のテラスはよく見える。

「ここって、『Ｈａｎａｋｏ』の〝お花見も出来るお店〟に出てきそうだよね」

と私。まずはシャンパンで乾杯した。ふつうこういうふうに人気店のハイシーズンとなると、せわしないことこのうえない。お料理もさっさと出て、早く席を空けろといわんばかりだ。

しかし三時半という時間帯がよかったのか、お客はカウンターにひと組だけ。ゆったりとシャンパンを飲みながら桜を愛でる。これはもう大人の贅沢の極致というもの。

そしてお料理もおいしくてびっくりする。和食のコースであったが、最後のタケノコご飯は余ったものをお弁当にしてくれた。

そしてこの頃、ホッシーがそわそわし始めたわけ。トイレに行ったと思いきや、持ってきたのは大きなケーキの箱ではないか。

「ハヤシさん、一日早いけど、お誕生日おめでとうございます」

そうだったのね。道理で忙しいホリキさんが取材先まで来てくれたわけだ。サプライズでお祝いしてくれようとしたのね。

ホッシーがケーキの箱をさっと開ける。なんて可愛いの！　私の顔のイラストがそのまんまケーキになっている。

「ここで食べるより、おうちに持っていってください」

とホッシーが言うので、ありがたくいただくことにした。それにしてもありがとうね。一日早いパーティをしてくれるなんて。

シャンパンでほろ酔い気分になり、外に出てみると陽はかなり傾いて、お花見の人たちがどっと出始めている。

おじさんたちが宴会するところと思っていたが若い人たちも多く、カップルもいっぱいだ。思っていたよりも騒々しくないのは、週末でなく月曜日のせいかしらん。

スミレ色の夕方の空は、桜の花々で覆いつくされて、その美しいことといったらない。なんだか桜を見ると、私たち日本人のDNAが騒ぐという感じかしらん。こんな日に誕生日を迎えられて、いい人たちに囲まれて、本当に幸せな私……。

そして次の日の朝、鏡を見た私はヒェーッと叫んだ。瞼《まぶた》が腫れて顔がむくんでいる。そう、あの桜をきっかけに、今年は来ないと思っていた花粉症が始まったのである。

ノーブレス・オブリージュ

みなさん、最近どんなところへ遊びに行っていますか。

私はこの頃、海外に行くのが億劫《おっくう》で仕方ない。まず成田に行くのが遠くてイヤ。昨年は十日間で、中国、パリ、タイと強行軍だったため、今年は近場のリゾート地で遊ぼうと決めている。私は建築家の友人が多いのだが、彼らは最近よく地方の名旅館や有名ホテルのリニューアルを手がけている。

「サービスさせるから泊まってよ」

と言ってくれるのであるが、高級旅館シリーズはもうちょっと年とってからでもいいかも。

さて、いまいちばん注目のリゾートといったら、そりゃあ北海道洞爺湖のザ・ウィンザーホテル洞爺であろう。

今年（二〇〇八年）の七月に開催されるサミットの会場となるこのホテルは、洞爺湖をのぞむ山のてっぺんに壮大な姿を見せている。遠くから見ると要塞のようなホテルである。

うんと遠い、人里離れたこのホテルの中は、贅沢きわまりないことになっていて、最高級

のエステに広い室内プール、そしてパリの三ツ星レストランなんかもある。宿泊代は世間で言われるほど高くはないけれども、とにかく一流レストランばかりなので、食事代のかかること、かかること。いちばん安い日本ソバ屋で八千円コースかしらん……。

いや、こういうセレブなホテルに泊まって、そういうケチなことを言ってはいけない。お金のことなんか忘れて、のんびりとゆったりと過ごすことが大切だ。そう、リッチな気分でね。

リッチといえば、リゾート地で着る洋服というのは、とても気を遣わなくてはならない。よく女性誌でも特集が組まれるように、ここでは特別のセンスが必要だ。たとえばジャージー素材のワンピース、明るい色のパンツにサンダル、といった感じであろうか。

しかし私は、旅行に荷物を持っていくのが大嫌いなタチ。出来るだけ少なくすませたい。たとえば二泊だと、替えの下着とインナー類だけということになる。基本のジャケット、トップスは出来るだけ替えない。これにまあ、パンツを持っていくぐらいであろうか。

ここウィンザーでも、まだ寒いこともあり、冬のセーター一枚ですませた。コートで隠せて本当によかった。今回は三ツ星レストランで食事、ということもなかったので、極力手を抜いたのである。

私は三年前、ある女優さんと取材で中国を旅行したことを思い出す。私は例によって、小さいボストンバッグひとつであった。が、女優さんは大きなトランク二つをごろごろ転がしてくる。

「いったい何が入っているんだろうか……」

その秘密はすぐに知れた。女優さんは朝、昼、晩とお召しになるものを着替えるのだ。それも靴からアクセサリーまですべて。昼間、ジーンズで歩きまわっていたかと思うと、夜のレストランには真白いパンツスーツでいらっしゃる。そういう時、男の人たちはみんなどよめいた。

「う、美しい……」

ノーブレス・オブリージュ。美しい人はそうしなければいけない義務がある。が、私なんかそんなもんと無縁だもんね。いいのよ、着たきりスズメで……。

が、着たきりスズメの私でも頑張らなくてはならない時がある。そお、男の人と（二人きりではない）一緒に旅行する時ですね。

北海道から帰った次の日、山梨に向けて旅立つ私。いつもの帰省ではない。親しい人たち五人で、山梨のワインセラーを見に行く旅行だ。

夜は温泉ホテルに泊まって宴会。こういう時は何を着るか。

「まさか浴衣に丹前ってわけにはいかないわよね」

もうひとりの女性メンバーと相談する。

「あの格好すると、社員旅行と化してしまうもんね」

こういう時、ふんわりしたワンピースなんかが男心を誘いそうであるが、ここんとこデブになった私は、ワンピース全滅である。いろいろ考えた結果……、昼間と同じ格好になる。

春らしくジルの水色のTシャツ、プラダの黒いカーディガン、それからジルのシフォンのちょっぴり透けるフレアースカート。わりと可愛いコーディネイトだと思ったのだが、大きな問題があった。テーブルではなくお膳だったので、膝がすぐ崩れてしまい、フレアースカートが開いてしまうのだ。色っぽいなんてことはなく、単なるだらしない酔っぱらいになる。

そこへいくと、私の友だちはやわらかいシルクジャージーの上下に着替えていた。下はパンツだったので、どんなに膝を崩しても大丈夫。

「おまけに、なんか女っぽくてセクシー」

やっぱり宴席に慣れている女は違うと思った……。

あーあ、昔が懐かしい。海外で働いていた当時のカレと、あちらのリゾート地で会う時の胸のときめき。バカでかいスーツケースに、毎日着るお洋服を、あれこれシチュエーションを考えながら詰めていったもんだわ。どんなに荷物が増えていっても苦にならなかった。そお、そして直前までダイエットしてさ。あの時私は、本当にセレブっぽい外見をしてたんじゃないかしらん。

ヒップとヒールの法則

今朝、ピンポーンと宅配のおにいさんがやってきた。ものすごく大きなバラの花束が箱の中に入っている。

もう誕生日は二週間過ぎてるし、いったい誰がこんな大きな花束を……。と思って見たら、そお、二年ぐらい前までよくデイトをしていたA氏じゃないの！

職業を書くと迷惑がかかるのでやめておくが、A氏はものすごいインテリで、それにふさわしいお仕事をしている。しかも私好みの細面のハンサム。

しかしインテリ・エリートにありがちなことであるが、つまんない女にひっかかっていた。どんなつまんない女かというと、これも詳しくは書けないが、時々マスコミに登場する、仕事は何してるかわかんないちょっとした美人、という、まああのテの女だ。私はこの話を聞いた時かなりむかついて、A氏に「まさかね」と問い詰めたところ、完全否定しなかったことにショックを受けた。そしてケイタイの番号も、メルアドも消したワケ。

けれども運命はなんていおうか、私たちを離さなかったワケね。こうして私の誕生日は

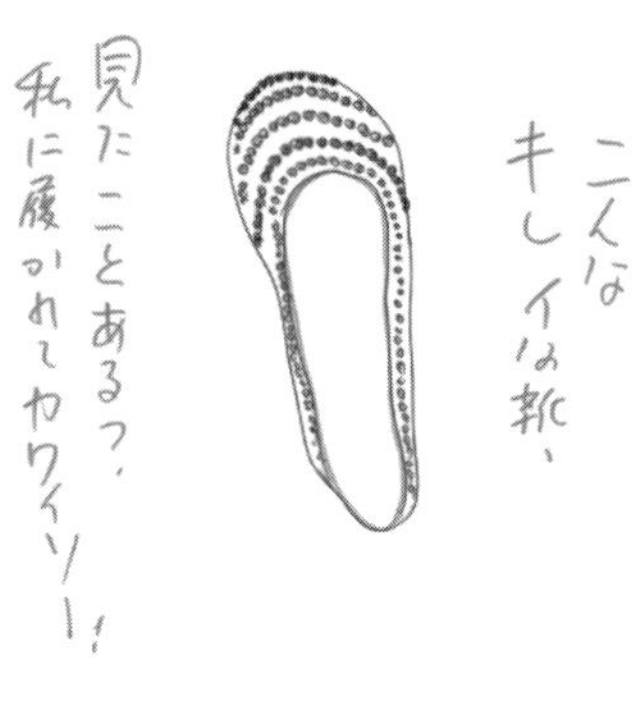
こんなキレイな靴、
見たことある？
私に履かれてカワイソー！！

ちょっと過ぎたけど、この真赤なバラの花束が届いた。そうよオ、赤いバラの花束が、告白でなくてなんであろう！

私はすっかりいい気になり、ハタケヤマに自慢する。

「あの人もあの女と別れてくれたら、私もよりを戻してあげるんだけどサァ」

フン、と無視する彼女。つい私は本音を語ってしまう。

「だけどさ、ニクタイ関係のある恋人捨てて、別に何もない私を選ぶはずもないよね……」

そりゃ、そうでしょうと、ハタケヤマは冷たく言いはなった。ムカッ。

が、せっかく恋の予感もあることだし、このメタボ腹を何とかしておしゃれをしましょ。

私はひとまず青山のプラダへ。が、着られそうなお洋服が（サイズが）なく、靴を五足買った。靴を五足買った、というといかにもすごいと思われそうであるが、これには深い理由がある。私は生まれついてのデカ足。しかも日本人に多い幅広という形だ。タテはそうでもないのだが、ヨコ幅は小指分余計かも。この足のために靴はどのくらい苦労したであろうか。国産の二十五センチコーナーなんてもうおばさんの靴しかない。イタリア製の38や39はタテが大きいがほっそりつくってある。いろいろ履いた結果、プラダの靴の木型が比較的横に広く、私にぴったりしているとわかった。デザインも可愛くって私好み。しかし38や39というのは、めったな数輸入されていない。したがって争奪戦になる。青山店にも私のように足の大きいお客は何人かいるらしく、シーズン前にいかないとすぐにサイズ切れになるのである。したがってまとめ買いになるのだ。

パステルのお花シリーズは私のサイズはなかったが、信じられないぐらい可愛い赤い花のサンダル、ゴールドの貴石を使ったサンダルを購入。あるファッション誌の人から、

「ハヤシさんの靴はいつも可愛い」

と誉められてから、私は頑張っている。

そして次の日、雑誌を見ていた私は、信じられないほど美しい靴を見つけた。ヒールではなくフラットパンプスで、シルバーの革。そしてその甲からうしろにかけて、スワロフスキーのいろんな色のガラスがずうっととりまいているじゃないの。ものすごく高い。でも欲しい。さっそく問い合わせたところ、銀座の本店に一足だけ38のサイズがあることがわかった。

そして私はどしゃ降りの雨の中、銀座のジュゼッペ・ザノッティまで出かけた。ジュゼッペ・ザノッティといえば、ハリウッドスターがレッドカーペットを歩くための靴。そう、工芸品のようなピンヒールで有名だ。そして奥から出してくれた38の靴をお試し。ヨコ幅が広いだけの私の足は、先がとがってないラウンドだと、サイズがこれでもＯＫなわけ。

これは大切に履こうーっと。

ところで、この頃私は確実にヒップが垂れてきた。自慢じゃないが、私は今までいろんな人から「腰の位置が高い」と言われていた。痩せればスタイルがいいと言われるのに、というお声も。が、しっかり垂れたこのお尻。

「フラットシューズばっかり履くせいです」

と私の専属トレーナーが言った。

「ヒールをふだん履いてる人は、それだけでヒップが上がって、足が細くなりますよ」

そうか、私のヒップ下がりは怠惰さによるものだったのね。それゆえ私は一週間前からやたらヒールを履くようになった。

が、疲れる。ある日ファッションビルのセレクトショップでついに限界が。すると目の前に小さなカフェが見えた。入ろうとすると、

「ここはお買い上げくださった方か、お待ち合わせの方のためのものです」

との非情な声。それならばと捜したら、ビニールにやっぱりガラスを散らした、ジュゼッペシューズの廉価版のようなフラットが。

「こ、これください」

結局、別のとこで買ったものを加えると今週は七足買った。が、大足とこの体重ゆえにすぐに履きつぶされる可哀想な靴たち……。私に買われても嬉しくはない、シンデレラの靴たち。

フコウの歯車

ツイていない時は、とことんツイていない。

悪い時は、すべての歯車がそっちの方へまわってしまう……。

昨日はそんなことをつくづく思い知らされた日であった。

名古屋まで、朝の九時半の新幹線で行くことになった。荷物は多い。なにしろイブニングドレスに替えの靴、ストールを二つに化粧品、読む本と、まるでドサまわりの歌手のような荷物となったのだ。

あまりにも荷物が多いので、無線タクシーを呼んだのであるが、雨の月曜日とあってまるでつながらない。仕方なく電車で行くことにした。

靴を履こうとして、悩みながらピンヒールにした。前回お話ししたと思うが、

「ぺったんこの靴を履くとヒップが下がる。ヒールの靴は履いているだけで、ヒップがきゅっと上がる」

というスポーツトレーナーの言葉をひたすら守る私。高いヒールで、重たい荷物持って、よろよろ歩いて駅まで行った。が、ホームは人で溢れているではないか。いつも雨が降る

と、千代田線、小田急線は遅れるのだ。一台待って始発に乗った。が、ふだんからは考えられないような混雑である。

ドア付近に押しつけられ、皆の冷たい視線を一身に浴びた。

「なんだよォ、非常識な女だなァ。朝のラッシュ時にこんなもんを持ち込んで」

う、つらい。早く降りたい。だが、いつもは十八分ぐらいの二重橋前までの距離が、この日に限ってはなんと二十五分、ぎりぎりの時間である。いつもだったら、新幹線の一本や二本、乗り遅れてもどうということはないが、その日の切符はもういったん日にち変更してもらったもの。

「二度と変更出来ませんよ」

と窓口で言われているのだ。二重橋前駅からJR東京駅までの長い地下道を走りに走った。私の走りは、上下運動の方が大きくて、少しも前に進まないと皆に笑われるが、それでも必死に走った。

あと三分……。

やっと新幹線の改札が見えてきた。が、電光掲示板を見て、私は絶望の声をあげる。

「ひィーッ」

ホームがいちばん遠い十九番線だったのだ。

走る、走る。ピンヒールで必死に走る。エスカレーターもかけ上がった。やっとのことでいちばん近いドアに身をすべらせたとたん、ぴったり閉まった。

何とか間に合った……安堵のあまり、思わず涙ぐむ私である。

さて、イブニングドレスを持ち、いったい私は名古屋で何をするのであろうか。「人間動物園」の撮影のためである。

私が所属する文化人の団体、「エンジン01」は、毎年一度、いろんな土地に行ってオープンカレッジを開く。三日間にわたって、四十コマぐらいのシンポジウムを行うのだ。そして今年（二〇〇八年）は秋に名古屋で開催されることが決まっている。

企画委員長の秋元康さんがおごそかに言った。

「名古屋でのテーマは、『人間動物園』でいこう」

つまり、いろんな人間が集まって勝手なことをしているシンポジウムに行くことは、動物園でいろんな動物を観察することと同じなんですよ、と言いたいらしい。

「ハヤシさん、そんなわけで今年もポスターとCMに出てもらいますよ。ハヤシさんは東山動物園キリンさんと撮るからね」

キリンさんねぇ。まあ、サイとかカバでなくてよかったかもしれない。コピーライターはさらに言う。

「カメラマンの稲越功一さんからの伝言で、黒いドレスを着てきてね。出来たらロングがいいいな」

ということで、クローゼットを探したところ、昔のダナ・キャランがありました。しかもラッキーなことに、ジャージー素材のため、近頃めっきり太った体でも何とか入る。だが、問題は二の腕である。

「世の中に、これほどだぶついた、太い二の腕があるだろうか」

と感心するぐらい。体の側面の幅と同じぐらいあるのだ。これを隠すためにはストールが必需品なワケ。しかしヘアメイクの女性が言った。

「ハヤシさん、動物園で毛皮のストールはちょっと……」

そうか、気づかなかったワ。ということでラメのストールを羽織った。そして撮影場所でカメラの前に立った私に、厳しいご指摘が。

「ハヤシさん、中途半端に肩出さないで、すっぱりストールで隠して」

はい、はい、やっぱりみんなも同じことを考えていたのね。

そして撮影はすぐに終わり、私たちは名古屋名物スイーツ「小倉トースト」を食べ、「ハニーパンケーキ」を頰ばった。そして日本でいちばんおいしいお鮨屋へ行った。

どうなる私の二の腕。この後続きがあります。

アリモリ・メソッド

久しぶりにイブニングドレスを着たところ、自分の二の腕のすごさに、啞然としたことは前回お話ししたと思う。

横にたるみきって〝たっぷんたっぷん〟している。私が動くと、二の腕のお肉も一緒に動く。

「私はもう一生、ノースリーブを着られないかもしれないワ……」

昨年（二〇〇七年）、アンアンの美女入門五百回記念で、タイに出かけた時は、確かノースリーブのワンピを一回だけ着た。あの時もおっかなびっくりだったのに、今年はさらにひどいことになっている。さすがの私も心を入れ替えた。そしてダンベルをすることにした。こういう時のグッズは山のようにある。何しろたいていのダイエットは試している私だ。下駄箱の中を探したら、ありました。四年前に買った一キロのダンベル。

これを使って毎晩、腕のエクササイズを始めた。きちんとやると、私のことだからすぐにイヤになってしまうに違いない。よって夜、テレビを見ながらすることにした。習慣づければ何とかなるはずだ。

そしてもうひとつ習慣づけたのが、朝のウォーキング。隣のマンションの奥さんを誘い、二人で公園のまわりを三周する。

「今日から四周しようよ」

「ダメ、ダメ。最初からとばすと続かないよ」

という彼女の忠告に従って、今のところは控えめにしている。が、朝はジョギングする人が何人もいて、てれてれ歩く私ら二人を追い越していく。

「私たちもいつかあんな風に走ろうね。まずはウォーキングから頑張ろうね」

そう、めざすはホノルルマラソン。私には憧れの人がいる。

ついこのあいだエンジン01に入ってくださった有森裕子さんのカッコいいこと。このところしょっちゅう勉強会や会議でお会いするのであるが、美人のうえにぜい肉がまるでない体なのだ。テレビで見てもお綺麗だが、じかに見ると本当にほれぼれする。お化粧をしていないのだが、とてもおしゃれなシンプルな格好をしていて、髪をゆるくひとつにまとめている姿の美しいこと。

私はうっとりと彼女を眺め、そしてとんでもないことを口走る。

「私も、有森さんみたいになりたい！」

オリンピックのメダリストみたいになりたいとは、神をも畏《おそ》れぬ所業というものであろう。私だってもちろん有森さんみたいになれるわけはないと思っているが、目の前のこのとぎすまされたピッカピカの肢体を見ていると、心の底から憧れてしまうのだ。

「私、明日から走るわ。絶対にやるわ」

「ハヤシさん、無理は禁物です。いきなりだと足を痛めます。まずは軽いウォーキングから始めましょう」

とアドバイスしてくれた。つまり私の朝のウォーキングは、私が勝手に名づけた有森メソッドにのっとってるわけ。

「有森さん、歩いたり、走ったりすれば、二の腕のお肉もとれるよね」

「もちろん、余分なものはすぐ落ちます」

この言葉にどれほど励まされたであろうか。超一流の人に教わると、本当にやる気が出る。

今日はジャングルジムに手をおき、腕立て伏せをした。もうじき皆さんの前に、ノースリーブで登場します。もちろんダイエットだってやる。先週から炭水化物、お酒、甘いもんいっさいカット、ローカロリー二食を実行することにした。大好物のワインはもちろんいただくけど、この時もパンやパスタは厳禁にするの。そしてカウンターデイトを実現させるのだ。

このところ、気になる男性とお食事の予定がいくつか入っている。こういう時、どのお店になるかとても気になる。実は私、男性とカウンターに座るのが大っ嫌い。まず真横から体を見てほしくない。テーブルの向こう側だと上半身だけで、下腹部は隠れることになるが、カウンターだとそうはいかない。お腹のでっぱりも、二の腕もばっちり観察されるわけだ。

しかし有森メソッドと努力によって、私の二の腕は夏までにはすっきりとするはずだ。

そう、そう、同時に肘のお手入れもしなくっちゃね。肘をついて書き仕事をしているせいか、肘がすぐに黒ずんでしまう。顔の化粧水、乳液、美容液をつける際は、必ず肘にもぴちゃぴちゃ。美白のパックも肘にする。時々パックを肘にしたのを忘れて、ジャケットを着て大変なめにあったこともあるが、とにかく肘には気を遣います。

すべては夏のために。そしてイブニングドレスのために。

実は私、近々レッドカーペットを歩く予定がある。それもハリウッド女優と一緒に！ 三年前、私はある小説を翻訳した。もちろん私に翻訳なんか出来るわけないが、訳したものにかなり手を加えたわけ。この小説は売れることもなく、ひっそりと消えるかと思ったとたん、なんとこのたびハリウッドで映画化されたのである。それもすんごい配役で、オスカー女優が主役を演じる。秋には大々的なプロモーションが組まれ、その女優さんが来て、大セレブ試写会があるんだと……。

ところで今日、最新号のアンアンが届いた。ＩＫＫＯさんすごいですね。見習います。

ＩＫＫＯメソッド、私にもよろしくお願いします。

メタボリアンズ、合コンへ行く①

いよいよ心待ちにしていた日が近づいてきた。そう、豪華合コンの夜である。

それは春の終わりの頃、漫画家のA子ちゃんからのケイタイから始まった。

「マリコさん、B先生ご存知ですか」

知っているもなにも、いまいちばんハンサムでセクシーな政治家である。私は以前テレビで見ていいナァと思い、対談を申し込んだ。それがご縁で二回ほど食事をしたことがある。が、あちらも忙しい身の上だし、スキャンダルもこわいらしく（？）それきりになってる。

「あの、私と川島なお美さんがパーティで、偶然B先生と一緒になったんです。そしたらワインの話になって、先生もお好きなんで、私となお美さんとで一度飲み会をしようということになったんです。そうしたら、B先生がハヤシさんとナカセさんを誘ってくれって……」

さすが政治家、賢明な選択である。ナオミ・カワシマとワインを飲んだりすると、世の中のねたみとそねみを受けることになる。A子ちゃんも美人漫画家として売り出し中だ。そこにメタボリアンと呼ばれるナカセさんと私を入れて中和させようっていうことなのね。ナカセさんは、新潮社の名物編集者で、最近はテレビのコメンテーターとしてもおなじみだ。豊満な肉体と明るいキャラで人気が高い。この人がいると、一分間に三回、あたりは笑いにつつまれるのだ。

「それでマリコさん、B先生は、ものすごいイケメン議員をあと三人、ご用意してくださるそうです」

とA子ちゃん。ふーむ、あちらは合コンの態勢らしい。それならば、こちらも期待してしまうワ。私はナカセさんと会うたびに、こそこそ相談した。

「どうせ私たちは、お笑いキャラということで動員されてるのよね。男の人はみんな、ナオミ・カワシマにいっちゃうだろうし」

「でもね、彼女婚約したばっかりで、のろけまくっているから、案外私たちに勝算はあるかもね」

が、私たちの不安が天に届いたのか朗報がもたらされた。なんとナオミ・カワシマ、仕事の都合がつかずキャンセルとなったのである。

「ふふふ、イケメン代議士は私たちでひとり占めね」

「だけど、イケメン代議士なんてどれほど信用していいもんか。そんなにハンサムな議員さんなんて、私見たことないもん」

そうしたらA子ちゃんからまた連絡が。

「ナオミさんのかわりに、C子さんをお誘いしました」

私とナカセさんは激怒した。C子さんといえば、超セクシー女優である。私は一度も会ったことがないが、日本人離れした容姿の持ち主で、とにかく妖艶な人である。

ナカセさんはフンマンやるかたないという感じで言った。

「A子のやつ、合コンっていうことを少しもわかってない！　いったい何を考えてんのよ。これじゃ、男の人をみーんな持ってかれるじゃないのォ」

そーよ、そーよ。合コンで後から女の人を追加する時は、既に参加が決まっている人よりレベルを落とすというのが鉄則ではないか。それを超強力セクシーキャラを入れるなんてひどすぎる。

「ハヤシさんとナカセさん、どうしてそんなに怒るんですか」

その場にいた男性が私たちの剣幕に恐れをなして、こわごわ質問する。

「あんたたちだってさ、合コンの時に小栗旬を連れてこられたらどんな気分がすると思う？　それと同じよッ！」

「なるほど」

ハヤシさん、私、絶対に阻止しますよと、ナカセさんは言った。

「A子のやつを脅かして、C子さんは絶対に連れてこないようにします」

「そーよ、そーよ」

と私。

「C子さんみたいなセクシー系と一緒のところを、もし写真誌に撮られたりしたら、センセイたち大変なことになるわよ。私たちならどうってことないけどさ」

そうしたら今日、A子ちゃんからファックスが入った。

「C子さんはやめて、D子さんをお誘いしました」

再び絶句。D子さんといえば、あーた、いま人気急上昇中の女子アナではないか。知的な雰囲気を持った愛らしい容姿で知られている。

「セクシー女優の次は女子アナなんて、ひどい……」

一難去ってまた一難。どちらが男性の好みであろうか。若い議員さんだったら、やはりD子さんのような気がする。

そして場所も決まった。な、なんと高円寺のうどん屋だって。せっかくの合コンなのになんかショボすぎる。が、若い政治家はお金を持っていないので、ワリカンにするとこうなるのかも。

「私たち、安く見られましたよね」

とナカセさんもプンプン。

そうこうしている間に合コンはあさってに迫った。我々メタボリアンコンビは、どれほどの人気を獲得出来るか。女子アナに勝てるか！　結果は次回。

メタボリアンズ、合コンへ行く②

前回に続き、高円寺のうどん屋で行われた合コンの話である。

高円寺までは新宿をまわって電車で行こうと思ったのだが、

「車の方がずっと早い」

というハタケヤマの意見に従い、タクシーで行くことにした。が、店はとてもわかりづらく、運転手さんはナビでやっと探し出してくれた。たぶんここじゃないかなと指さす目の前を何やら横断する物体が……。豊満な胸を揺らし揺らし歩くナカセさんであった。

「ナカセさーん、私よー」

窓を開けて声をかけたのであるが気づかない。運転手さんは気をきかしてクラクションを鳴らしてくれた。ちょっとした照れと心のはずみからお釣りをチップとして渡し、

「私たちこれから合コンなんです」

と、ついつまんないことを口走る私。なぜかゲラゲラ笑い出す運転手さんに、私もナカセさんも傷ついた……。

さてその日、某政治家が連れていらしたメンバーは、外務省の方ふたりと、商社マンひ

ハヤシさん
私たちの敵は
あんなもんじゃ
ありませんよと
ナカセサンは言った.

とりという、この方たちが若く独身であったら合コンの黄金ラインであったろう。

しかも、外務省のひとりは、超イケメンで私のよく知っている人であった。

「ハヤシさん、彼のこと憶えてるでしょ」

憶えてるも何も、私の過去の男性リストの中でトップレベルの方である。

あれは昔、私が独身であたりにしっかり目配りしている頃であった。たまたま外務省に勤めるエリートを紹介された。私は当然のことながら候補として考えていたのであるが、相手は全くそんなこともなく、お見合いでいいところのお嬢と結婚した。その時、私はスピーチを頼まれた。いつもこんな役ばっかりだと、口惜しまぎれに私は言ったものだ。

「わかったわ。その代わり私のテーブルは独身の外交官で埋めてよッ」

その時隣に座っていたのが、彼だったのである。頑張って三回ぐらいデイトをした。私は当時の友人に言ったものである。

「ものすごいハンサムで、もちろん東大卒。身長は百八十センチでお金持ちの息子。性格もすごくいい人で、ちっともえらぶらない。だけどひとつ、すっごくイヤなところがあるのよ」

「え、何」

「私にまるっきり興味を持ってないの」

この小話に、合コンの席上は笑いにつつまれる。もちろん当の本人も苦笑していた。ちょっぴりフケたけど、やっぱりカッコいいわ。途中メールを確かめる彼。私はすかさず言った。

「090……」

「えっ」

「私の番号よ。早く登録して！」

帰りのタクシーの中の反省会で、ナカセさんは言ったものだ。

「ハヤシさんは少し露骨過ぎますよ。確かにあの人だけがイケメンでしたけど、ハヤシさん、もうあの人だけしか眼中にない、っていう感じがミエミエですよ」

そうかなぁ。私はみんなに一生懸命愛想をふりまいたつもりだったけどなァ。

お酒もガンガン飲んだ。うどん屋といってもしゃれたお料理が次々と出てくる。

そう、懸案の女子アナさんであるが、テレビで見るよりも、ずっと美人であった。スタイルもよくて、ぴっちりした真白いパンツがお似合い。ま、私もナカセさんも一生はけないもんよね。

この女子アナさん、ものすごい美人なのであるが、とてもさっぱりした体育会系である。自分の学生時代のことを面白おかしく話す。おじさんたちも楽しそうに聞いていた。

そしてナカセさんはと見ると、彼女は遠慮していちばん端っこに座っていたのであるが、そこで地味めのおじさんたちとじっくり話し込んでいた。

彼女が〝魔性の女〟と呼ばれる所以《ゆえん》は実はここにあるのだ。ものすごく喋って、一座の中心になるキャラかと思うと、空気を読んでさっと聞き役となる。そしてちゃんと成果をあげていくのである。私は彼女の技につい嫉妬し、合コンで絶対してはいけない反則を犯してしまった。

「ナカセさんって、ものすっごくモテて、結婚二回してるんですよ」

「え、ホント、知らなかった」

男の人たちはどよめく。

「A子ちゃんだって結婚してたし」

その夜、オードリー・ヘップバーンルックでキメてきた漫画家のA子ちゃんのこともバラすなんて私は最低です。

「さっきはごめんね」

私はタクシーの中でナカセさんに謝った。

「いーえ、あんなことは気にしてませんよ。男の人、誰もがっかりしてませんから」

鷹揚《おうよう》に笑うナカセさん。

「だけど女子アナのD子ちゃん。いいコですけどまだ若いですね。ああいう風に、自分が、自分が、って喋りまくるのはまだ青いですよ。あんなのは、とうてい私たちのテキじゃありません。ハヤシさん、いいですか。私たちのテキは、ああいう時、人の話を聞いてうっすら笑ってる女です。そういう女が、いちばんかっさらっていくんですよ」

さすがだ……。私は一生この人についていこうと思った。

ところでゲットしたあの外交官のケイタイ番号。いつかけていいもんかしらん。

ケチが先か、金持ちが先か

ダイエットにきくとか、きれいになるという通販を、つい買わずにはいられない。

「もしもし、今、テレビで見た者ですけどねぇ」

すぐに電話をかける。もちろん本名でね。私がリコンしないのは、この名前のせいもあるかもしれない。銀行も、病院も、いろんなチケットの申し込みも、すべて本名で通している。これがずうっと「ハヤシマリコ」という名前しか使えないとしたら、かなり不自由かもしれない……ということを友人に話したら、

「あーら、離婚したって夫の姓は使えるわよ。自分で戸籍つくればいいいんだから」

ということであった。

あら、そうなの。知らなかったわ……。

とまあ、話はそれたが、テレビの通販で見た、腹筋にいいナントカボード。さっそく0120に電話した。

「それではお名前を……」

なんかトロそうな声だ。私はいつものように本名を名乗り、電話番号を告げた。プライベートな電話はあるにはあるのだが、教えたくない。いったんこういうところに登録されると〝デブリスト〟に入れられて、やたらダイエット食品のセールス電話がかかってくるのだ。だから事務所の番号を教えたら驚いたことが起こった。相手の女がのんびりした口調でこう言うではないか。

「あのー、この電話、ハヤシマリコ事務所さんという名前ですが、お客さまは個人的にも使ってるんですか。どういう関係なんですかァ……」

初めて知った真実！　そうか、電話番号を告げると、パソコンに持ち主の名前が表示されるわけね。

ダイエット関連のものを買う時、途中から相手の人が含み笑いといおうか微妙なニュアンスになるわけがわかった。ハヤシマリコだってばれていたわけね。

これからはあんまり通販でものを買わないようにしよう。ダイエットもの以外にも、アイデア商品のようなものにすぐとびつく私。こういうものの代金もバカにならない。

今月も銀行の残高を見て私はため息をつく。

「どうしてこうお金は、右から左へ出ていくんだろう……」

私は入ってくるものも決して少ないとはいわないが、出ていくものがすごい。お買物と飲み食いのお金だ。人にご馳走してもらうことも多いけれど、それ以上に自分で遣う。数人連れていってワインもがんがん飲むからハンパな額じゃない。

しかし世の中には、お金を遣うのが大っ嫌いという人がかなりいる。それも女、それもお金持ちだ。私のまわりには、会社を経営していたり、売れっ子のアーティスト、といった女性が何人かいるが、ケチでびっくりしてしまう。

お金持ちなのにケチなのか、ケチだからお金持ちなのか、私にはよくわからない。

ある日のこと、うんとお金持ちのA子とお芝居を観に行った。

「今日は私のおごりだから、チケット代はいいわよ」

とさんざん恩に着せられたが、私は知っている。そのチケットはご招待ということをだ。私は別のお芝居に彼女を誘う。お返しということだ。もちろんそのチケットを私はちゃんと買っているけど。

さて、A子が誘ってくれたお芝居で、私は知り合いのB子さんに出会い、その場で彼女とランチを食べることが決まった。B子さんはC子さんも連れてくるという。

「久しぶりに三人で楽しくお喋りしましょう」

と話していたところ、A子が自分も行きたいという。彼女はB子さんとは初対面。ちょっと図々しいと思うものの、私はOKした。

「そのかわり自分の食事分は自分で払ってね。私はB子さん、C子さんにはすごくお世話になっているからご馳走するつもりだけど」

そうしたらA子からしょっちゅう電話がかかってくるようになった。

「レストランはどこにするの。あそこにしなさいよね」

素直に私はそこを予約し、いちばん高いコースを四人前頼んだと思ってほしい。私は人にご馳走する時は、いつもいちばん高いのを頼むタチ。するとA子からすごい剣幕で電話がかかってきた。

「いちばん安いのでいいわよ！　その半分のコースにしなさいよ！」

あまりのケチぶりと自分勝手さに、私は呆れるというよりも、笑い出したくなってきた。

「あなたには自分は行かない、っていう選択肢はないのね。いいわよ、別に来なくても」

そういえば長いこと、彼女にはびっくりさせられてきたわ。ワリカンでご飯を食べる時はいつも、

「あんたたちメニュー頼み過ぎ」

「よくそんなに食べられるわね」

と文句を言うので、仕方なく私が払ったことも何度か。タクシー代もお茶代もなぜかいつも私がもたされるはめに。

彼女からは、「私、お金を払いたくない」オーラが発せられて、それになぜか負けてしまう私。が、いつまでたっても貯金が出来ない私に、彼女はいつも勝ち誇ったように言う。

「私はあんたみたいにムダなお金は遣わないわよ。あんたっていつもつまんないとこにだらだら遣ってバカみたい」

彼女は通販で買物したことがないそうだ。

おっかない女

美へのあくなきチャレンジャーと言われる私。

そんならもっとダイエットしろ、と世間から言われそうであるが、それなりに努力はしているのである。この一ヶ月スクワット百回と、二の腕を鍛えるためのダンベルを毎日やった結果、

「この頃、締まってきたんじゃないの」

と皆から言われるようになった。

二の腕も、太いことは太いが、鏡で側面から見て「ギャーッ」と叫びたくなることはなくなった。さわってみると、なんと筋肉がついているではないか。が、全然減らないのは〝ふりそで〟といわれる下部のたっぷんたっぷん肉。この部分はダンベルでは落ちないそうだ。

「思いきり上に手を伸ばす体操をしてください」

とパーソナル・トレーナーに言われたとおり、ひまさえあれば、エイ、と空に手をやる私。そのうち、声を出して踊るようになった。

「ソーレ、ヤーレ」

アフリカの人たちの踊りを自分でアレンジしたものである。テレビを見ながら、踊りまくる。その傍で不気味そうに私を見つめる夫。とてもコワいそうだ。が、妻が美しくなるためには、我慢してもらわなくてはならないだろう。

さてコワいといえば、もっとうんとコワい話がある。つい先日のこと、女友だちとご飯を食べていたら、彼女の顔がとてもキレイなのにびっくりした。私とかなり年が違うとはいえ、肌がピンと上がっているのだ。

「あなたも、田中宥久子先生の造顔マッサージやってるのね」

「いいえ」

「じゃ、ついにメスを入れたのかしら」

「いいえ、違います。ハリですってば」

なんでも、顔にハリをうってもらったまま、すごい力で上げていくそうなのだ。

「よかったら、予約とってあげるから一緒に行きませんか」

ということで、昨日行ってきた。上半身はキャミソールになり、ベッドに横たわる。

「ハヤシさん、痛いの大丈夫ですか？」

と聞かれた時は、本当に心臓がドキンとした。大丈夫、と言えば言えないこともないが、聞くほど痛いのか。これまでいろんなことにチャレンジしてきた私であるが、顔にハリを刺すのは初めてである。

そう、そう、一ヶ月で十キロ痩せる話題の中国バリ。あれは効くことは効いたけど痛かったなァ。私が行くと院長が張り切って、

「ほら、スペシャルバージョンよ」

とか言って、足の裏をほぼ貫通……。顔にも同じことをされたらどうしよう……。が、こめかみと額、頬と次々とうっていったが、ほとんど何も感じない。私はいつのまにか眠ってしまい、自分のイビキで目が覚めたぐらい。二十分のち、

「それではハヤシさん、やりましょう」

ハリが刺さったまま、すごい力で頬をひき上げられる私。このあと、ぐいぐいと顔の筋肉を動かしていく。先生が言った。

「ハヤシさん、瞼の上とかそろそろメスを入れてもいいですね」

「えー、整形ですかァ」

それだけは避けたくて、なんとか頑張っているのだが。

「うちのハリをすると、整形が長持ちしますよ。いくら高いリフティング手術をしても、時間がたつと次第に下がってきます。ですけれども、ハリをうっておけば、手術の効果がぐーっと長持ちしますよ」

なぜかハリに来て、整形手術をやたら勧められるのであった。

そしてハリをとって、目の前の鏡を見ると、

「おー、上がってる！」

目尻の位置が、〇・五センチ違うみたい。

「あと三回続けて来てくれると、もっと上がりますよ。これが限界じゃありません」

ということで、二日後も予約する。家に帰るなり秘書のハタケヤマに、

「ねぇ、見て、見て。私の顔、すごいでしょ」

と言ったところ、

「何がですか」

といつもながらのクールな反応。本当にこういう人ばっかりで、やる気が失せてしまう。

さて、ヒップが上がると聞いてから、私はこのところずっとヒールを履いている。五センチから七センチの高さのヒールでとにかく歩く。地下鉄のホームで電車を待っている時は、キュッとヒップを寄せるようにする。あんまり効果はないようであるが、おかげで危険度アップ。雨で濡れている駅の階段を、七センチのピンヒールで降りる時の怖さといったらない。出来るだけ手すりにすぐ手が伸びる端っこを行くようにしているのであるが、ラッシュの時などは人の波に押され、心底怖かったことが何度もある。

ああ、美への道はなんと怖く険しいことか。私の友人は、このあいだ皮膚を薬品で焼くという、そりゃおっかない美容法をやったそうだ。が、おっかないことをしてる女ほど、あんまり効果がないような気がする。それはあけっぴろげすぎるからだ。美人にオープンな女はいない。喋りすぎ、情報公開しすぎは、それだけで美から遠ざかる。私なんかその典型です。

源氏とダイエット

金曜日から週末にかけて、京都へ行ってきた。最近よく京都へ行く私。

それはなぜか。ジャーン、もうじき、

「平成版　真理子源氏」

の連載が始まるのである。

最初は源氏物語の現代語訳を頼まれていたのであるが、古典の素養がほとんどない私に出来るわけがない。というわけで、新たな物語をつけくわえたダイジェスト版となるはず。といっても、いちから勉強しなくて書けるはずがない。京都へ行って、いろんな先生からレクチャーを受けたり、ものすごい数の資料本を読んだりする。もちろん原文も毎日読んでますよ。

全くつくづく思うのであるが、学生時代こんだけの向上心というものがあったら、もっと勉強が出来たはずなのに。ずうっといい大学にも進めたはず。就職の時、どこにも決まらず、長ーいビンボーアルバイト生活を続けたが、あんな苦労もなかったはず。いい会社

に就職出来て、いい男とめぐりあっていたに違いない。

いや、もう過ぎたことをあれこれ言ってもせんないこと。とにかく今の私は、寝てもさめても源氏のことばかり考えている。

どんな物語にしたいかというと、今の女のコたちが読んでも納得できるもんですね。私はずうっとこのあいだまで考えていた。いや、今も考えている。

「どうして一度も会ったことのない女の人に恋をしたり、ずうっと思いを持ったりするんだろうか」

私が考えるに、昔のお姫さまというのは、人数も少ないからそうハズレがなかった。末摘花みたいなレベルもいたかもしれないが、気品が尊ばれる時代ゆえに、姫君ならまあクリア出来る。まずは文通から始まる時代であるから、歌や字のうまさはもちろん、紙の選び方、たきしめた香の加減なども大きなチェックポイントになるわけだ。こういう教養を身につけ、髪が長くて気品があればまあ貴公子の数人は寄ってくる。

女房という名の侍女は、恋愛アドバイザーにしてPRウーマン。

「うちのお姫さまはすんごい美女、すんごい黒髪」

とあちこちに噂をまきちらしてくれるわけ。それだけではない。ここが肝心なところであるが、彼女たちは自分が仕える姫君のために、男の人の品定めをし、これぞと思う男を選び出してくれる。そしてそういう人を、姫君の寝所まで手引きするわけ。

昔の寝殿づくりは、ベッドルームなどもちろんなく、敷布団らしきものを使えるのは身分の高い人だけだ。そこらの女房たちは、みんな廊下の隅でごろごろ寝てる。そこをかいくぐって、暗い中、つまずいたりけとばさないようにして、お姫さまの寝床まで連れていく。

お姫さまはかわいそうかもしれない。ある日突然、男の人が寝床にやってきてそういうことをしていくわけ。学者によっては、源氏物語はレイプの物語だ、という人もいる。が、そういう始まりでも、恋は芽ばえ、いろんなドラマがあるわけである。

しかし愛されたとしても、楽しいことばっかりじゃない。男の人は、他にいっぱい女の人をつくるのを許される時代だ。おまけに食べ物はとても貧弱だったらしい。陽もあたらないところで、もちろん運動もしない。うーんとまずいものを食べ、栄養失調と寒さで、人の平均寿命は四十歳といわれている。いくら貴族といっても、生活水準は今とは比べものにならない。毎日、木の実におかゆ、干し魚といった超ダイエット食のようなものを食べていたわけ。

そこへいくと、二十一世紀の私らは本当に幸せだ。冷暖房のある部屋に住み、毎日おいしいものを食べられる。

おいしいものといえば、つい最近こんなことがあった。ある新聞社から取材を受けたのだが、その写真に私は激怒した。かなり大きな写真なのであるが、ソファに座る私を、斜め横から撮っている。デブなんてもんじゃない。肉塊がそこにある、という感じなのである。

「あのカメラマン、サイテー」

私は口汚くののしった。

「だいたいねぇ、新聞社のカメラマンって、女をキレイに撮ろうっていう気がまるでないのよ。それにしても、こんなデブに撮っていったいどういうことなの。もう絶対に許せないッ」

憤る私に、ハタケヤマが冷たく言いはなった。

「ハヤシさん、デブに撮れてるんじゃありません。実際のハヤシさんもこのとおりなんです」

ガァーン。本当にショックを受けた。このところスクワットをちょっと頑張っているといっても、私のお腹の盛り上がり方はふつうじゃなかったのね。

あー、私が悪かったです。このところ、昼から平気でワインやシャンパン飲んでいた私が悪かったです。それから私は寝てもさめても、ダイエットのことばかり考えるようになった。

「源氏とダイエット」

私はこの二大テーマによって今、生きている！

やったね！カーツ

さまざまなダイエットを次々と試してきた私。もしテレビ東京で、「ダイエット王」という番組があれば、間違いなく入賞していたと思う。

が、この私がまだ試していないダイエット法があった。それは何か。そう、今大流行の加圧トレーニングをまだ一度も経験していなかったのである。

最初の頃、まわりの人が、

「カーツがさ、カーツはさ」

というのを聞き、

「何？　ビリーよりもっとすごいカーツっていうのが出てきたの？」

と言って、かなり馬鹿にされたものだ。そしていずれ試してみようと思っていたのだが、締めつけが痛い、というのを聞いた。その他、

「おばさんにはきつい」

「心臓に悪いかもしれない」

気分になったワタシ

とさまざまなネガティブ情報を聞き、ちょっとひるんでいたのだが、釈由美子さんを見て考えを変えた。そう、多くの女性にインパクトを与えた、あのイブニングドレス姿ですね。元々美人であるけれど、さらに輝くように美しくなっていた。胸だってすごく大きくなっているからびっくりだ。

あのボディは、加圧トレーニングによって生み出されたというではないか。加圧を世に拡めた藤原紀香さんも相変わらず美しい。

「やっぱり試してみたいなァ」

と心が動く私を察してか、ホッシーからメールが入った。

「ハヤシさんのうちの近くに、すごくいい加圧トレーニングのジムを見つけました。特別に体験させてくれるみたいですよ」

すぐに、

「いく！　いく！」

と答えた私。そしてその体験トレーニングが今日だったのである。

ホッシーが迎えに来てくれて、向かったところは代々木公園。わが家から車で十分の距離だ。

まずは加圧トレーニングの説明を聞いた。加圧トレーニングというのは、私が最初に考えていたような血液を止めるものではない。締めることによって血管を拡げるのだ。これによって、ものすごい量の成長ホルモンが出ていく。ふつうだったらこの成長ホルモン、トライアスロンぐらいしないと出ないものらしい。それが加圧トレーニングだと短時間で出るというのだ。

「とにかくトレーニングをしましょう」

ということで、ホッシーと二人、ウエアに着替えてジムフロアへ。イケメンのトレーナーがひとりついてくれた。

「それでは腕にベルトを巻きますよ」

それはそう、採血される時のベルトとそっくりだ。かなりきついかも。おまけに、

「ほら、手が赤くなっていきますよね。血液がぐっとまわってる証拠ですよ」

とかいろいろ説明してくれるのでちょっとこわくなった。

「もっと締めますよ、いいですか」

スイッチを入れる。キュッとなるベルト。お、ちょっとSMの気分かもしれない。

上半身のトレーニングをして、今度は下半身。太もものところにベルトを巻いていく。もうこうなってくるとロボットみたいで、あんまり動けない。お腹のぜい肉が段々になっているので、本当に組立てロボットに似てきた。

そして一生懸命、腹筋をした。かなりつらかった。

マネージャーの方がおっしゃるには、加圧トレーニングによって、たやすくボディのデザインが出来るとのこと。

「ハヤシさんは脚が長いんだから、ここの肉を落とせばもっとすっきりしますよ」

と、あちこちつまんでくれる。

「あの、二の腕何とかしたいんですけど、どうにかなるでしょうか」

「もちろんです。すぐに落としましょう」

と最後にもう一度腕につけてトレーニング。

そして終わってびっくりした。はいてきたスカートがゆるゆるになっているではないか。それだけではない。ものすごくきつく、さっきから後ろのストラップをはずして履いていたサンダルが少しも痛くない。すんなりと足が入るのである。

「すごい、すごい。私、すぐに入会します」

と叫んでいた私。入会金がかなりするけど、定期を下ろすぞ。痩せるためだったら何でもする！

何でもする、といえば、脚本家の中園ミホさんから絶対に痩せる野菜スープを教わった。ひと昔前に、シイタケやニンジンで煮出した野菜スープがブレイクしたが、今度のはキャベツやトマトをざくざく切って煮て食べる。家にいる時は、三食食事の前にこれを食べていたら、中園さんは週に二キロ痩せたそうだ。

この野菜スープと加圧トレーニングをまじめにやったら、私は別人になれる。

そうしたら最大の夢、バーのカウンターにノースリーブのワンピで座りたい。そして素敵な男の人の肩に、「いやん」とか言って裸の腕を押しつけてみたいの。

しかし加圧トレーニングは疲れる。もう眠くなった。おやすみなさい。

美は
フォルム
に宿る

史上二番めの結果

例の加圧にすっかりはまってしまった私。これにも写真がからんでいる。

何人かで信州に小旅行して、その時のスナップ写真が送られてきた。全身を斜めから撮られているので、そのデブなことといったらない。ミニスカートをはいているので若づくりのおばちゃんだ。

私はあそこに行くことを決心した。イヤでイヤで、ずうっと行かなかったあの場所。そお、ヘルスメーターの上である。

半年ぶりに私はのりました。そして泣きました……。史上二番めの結果が出ていたのである。ダイエットに成功した五年前に比べ、なんと十八キロも太っていた。人間って、こんなに急激に体重が増加するものだろうか。

その夜、久しぶりにデイトがあり、レストランの後はワインバーに行ったのであるが、私の頭の中は、

「○○キロ、○○キロ」

という数字で占められている。こんな体重の女が、男の人と二人で食事をする資格があるだろうか。ワインなんか飲んでいいんだろうか。おかげであんまり楽しくなかった。

昔好きだった人からもメールがあり、

「今度飲もうね」

と言われた。あの彼に会う前に、どうしても十キロ痩せたい、という悲願が生まれたのである。

そして加圧を頑張っている私。定期預金に手をつけ、入会金を払い、とあるジムに入会したのは、このあいだ話したとおりだ。

それにしても仕事やなんだかんだで忙しいうえに、「痩せる」という大命題をかかえた私は、時間がいくらあっても足りない。足りないけれども、いろいろ遊びに出かけます。

今日は仲よしの中井美穂ちゃんと一緒に、渋谷の「コクーン歌舞伎」へ。

ミポリンは大学の後輩ということもあるが、とにかく性格がよくてかわゆいので、この頃ツルむことが多い。特に観劇が一緒。彼女のお芝居通はつとに有名であるが、本当に二日にいっぺんぐらい何か観ている。

「評論家でも私ぐらい観ている人はいないと思います」

というぐらいだ。ジャンルも広く、下北沢系の小劇場、ミュージカル、宝塚、オペラ、歌舞伎と何でもござれだ。

本当は自分でも手配できるんだろうが、

「コクーン歌舞伎は、なかなかチケットが手に入らないんです。マリコさん、ありがとうございます」

なんて喜んでくれた。

それにしてもコクーン歌舞伎の人気は、ますますすごいことになっていて、劇場には補助席が出ている。「夏祭浪花鑑」はもう何回か観ているが、今回は演出もすっきりとして、もはや完成の域に近づいたような気がする。

とにかく面白い。一瞬たりとも飽きさせないスピード感と華やかさ。勘三郎さんはほとんど出ずっぱりで、このお芝居をひっぱっていくのであるが、殺人シーンあり、長い殺陣《たて》があり、大変なカロリー消費量ではなかろうか。

「ねぇ、勘三郎さん、すっごく痩せたと思わない？」

休憩中にミポリンに言ったら、

「本当ですね。全体的にほっそりされましたね」

彼女も頷く。

最後は舞台の後ろの方がバカッと開いて、逃げまわる悪党二人は、渋谷の町にとび出していく。江戸と東京の街とがタイム・トリップする見事な一瞬だ。

「楽しかったねぇ」

「いやぁ、コクーン歌舞伎、やっぱりいいですよね。ところでマリコさん、どっかでお茶して甘いもの食べませんか」

私が彼女を大好きなところは、すごく食べるところ。そして見ためよりも体重があるところかな（ごめんね）。

彼女は顔がうんと小さいので、ものすごく痩せてみえるのであるが、わりとあるそうだ。以前ちらっと聞いてすごくうれしくなった。ジル・サンダーのサイズも私と同じなんだ（もっとも私、最近ワンサイズ上がったけど）。

二人で東急本店をぶらぶらしていたら、あのジュゼッペの靴コーナーを発見。そう、スワロフスキーがついていた靴を売っていたところですわ。

「わー、私、ここの靴大好きなんですよー」

とミポリン。

ハリウッドスターご用達のここの靴は、どれもきゃしゃで工芸品のように美しい……が、あまりにもきゃしゃなため、私のサイズはない。

そう、このたびわかったのであるが、体重が増えると、靴のサイズもまるで違ってきますね。もうここには、私の履けるものはない。38までしかないんだもの。

「わー、マリコさん、今日からバーゲンなんですって。私、二足買っちゃおうかな」

喜々として試着するミポリン。脚は細くてきれい。足は小さい。ここの靴はお似合いよ。

ごめんね、仲間だなんて思った私がバカだったわ……。

「ごめん、やっぱり時間ないから帰る」

私はミポリンを靴売り場に残し、ひとりさみしく帰ってきたのである。

マリコ・モンロー計画始動！

前回お話ししたように、すっかりダイエットモードに入った私である。それは加圧トレーニングを始めたことが大きい。

トレーナーの女性は言った。

「ハヤシさん、今までにない新しい体験をするということは、すっごい可能性を持つということなんですよ」

なんていい言葉なんだろうか。

彼女は私のモチベーションを上げてくれるために写真集を拡げる。

「私ねぇ、ハヤシさん、痩せるとこういう感じになるんじゃないかと思うんですよ」

と指さすのは、なんとマリリン・モンローではないか。

「ハヤシさんはガリガリに痩せてモデル体型になることはないんですよ。ひき締めるところをひき締めて、こういうグラマー体型にしていけばいいんです」

そう、そうね。そう言われると、だんだんその気になってきた。

「ハヤシさん、私もハヤシさんをマリリン・モンローにするために、私の人生賭けます！

思えば『ルンルンを買っておうちに帰ろう』（注：私のデビュー作）を読んで、私は人生が変わったんですから。ね、ハヤシさん、一緒に頑張りましょう」

ギュッと手を握り合う私たち。

しかし、今まで何人、私は親切で献身的なトレーナーの方々を裏切ったことであろうか……。

彼女は提案する。

「ハヤシさん、加圧トレーニングの後、二回に一度マッサージをしてください。そうすればずっと痩せやすくなりますから」

ふむ、ふむ。

「それから時々は加圧ウォークをしましょうね」

加圧のチューブを巻いたまま、目の前の代々木公園を歩くんだそうだ。私は四年前の本格的ジムトレーニングを思い出した。その時は確か神宮外苑でランニングしたんだっけ。その先生のジムは、青山のキラー通り近くにあった。神宮外苑に行くまでに、ちょっぴりだが青山通りを歩かなければならない。トレーニング用の短パンをはいていたのだが、

「そう長い距離でもなし、誰も私を見るわけでもなし」

と思い、トレーナーと平気で歩いた私。が、何人かの知り合いに目撃されたらしい。

「あの格好で青山通りを歩くなんて、なんて大胆な」

と呆れられた。

だけど今度は大丈夫。加圧トレーニングのジムの道路の向こう側が代々木公園なのである。このへんはスウェット姿の人がいっぱいいる。

そして私は腕、太ももにチューブを巻いて歩き出した。これ、かなり異様な格好だと思うが、長袖の黒いトレーニングウエアの上下を着ていたので、そう目立たなかったと思う。それにしてもこのウォーキングのつらいこと、つらいこと……。

「ハヤシさん、もっと腕を振って早く歩いてください」

マリリン・モンローになるのって、なんて大変なんだろう。

さて加圧トレーニングに加えて、私がもうひとつ実行していること、それは脂肪を燃やすという野菜スープを毎日飲むことである。仲よしの中園ミホさんが、本を送ってくれた。それによると、発酵玄米を食べるともっと効果的だという。

この発酵玄米というのは、小豆と一緒に炊いた玄米をずうーっと保温状態にしてつくる。お通じがものすごくよくなって、こわいぐらいに出るそうだ。

私はさっそくスーパーへ行き、玄米と小豆を買ってきた。六合炊いた。それは土曜日の午前中のことである。そしてずーっと電気釜を保温にしておいた。夫に文句を言われても消さなかった。

だがそのために電気釜を使えない。よって土曜日の昼食はおそばにし、夜は外食にした。日曜日はピザをとり、夜は出前をとった。問題は月曜日である。お手伝いさんがやってくる。

「悪いけど、昼間、電気釜使わないで」

と言って外に出た。しかし夕食の時間は近づいてくる。私は発酵を三日めにして断念した。仕方ないので余った玄米を全部お握りにして冷凍したのだ。

朝は野菜スープと玄米、お昼は炭水化物抜き、夜は野菜スープとやっぱり炭水化物抜きの食事。家にいる時は野菜をちょっぴり。

ああ、それなのに体重はぴくりとも動かないのである。これじゃ、やる気をなくすのも無理はないっていうもんでしょ。

昨日、今日と私は京都へ行った。いつもの仲間でおいしいものを食べに行ったのである。夏の京都はおいしいものがいっぱい。お店で鮎を焼いてもらい、日本酒を飲んだ。次の日はスッポン鍋を食べた。雑炊なんか三杯食べた。昼から日本酒もがんがんやる。

「ハヤシさんって、本当によく食べるから気持ちいいなぁ」

男の人が言った。

スッポンの後は、甘いものを食べたくなってみんなで「鍵善」へ。そして名物のくずきりをつるつる。

マリリン・モンローはいったいどこにいったんだろうか……。

自己申告の女

ダイエット、やる時はとことんやります！　加圧トレーニングに加えて、脂肪燃焼野菜スープで頑張った。それなのに体重は変わらずイライラしていたのであるが、ここにきて急に一・八キロ減。やっと希望の光が射してきたという感じ。

　しかし私を指導してくれているトレーナーは、世にも非情なことを言う。

「ハヤシさん、痩せたらお腹の皮がたるみますよ。これは気になったら手術で取るしかありません」

「ヒェーッ！」

　のけぞる私。よく世界で何番めかのデブがダイエットに成功した、とかいうニュースが出る。その際、お腹には象のようなたるみが幾重にも残っている。私もそんな風になるんだろうか。それならば一生太ったままでいようかしらん……。

　それはともかく、加圧トレーニングをすると、肌が綺麗になるというのは、よくいわれることである。確かにお顔もお手々もツルツルになってきた。試供品でいただいたコラー

なーんていうか、
私って
悪い女だと思うの
さんざん、
男の人を苦しめてきたし。。

ゲンのドリンクも効いているかもしれない。

昨日、女性誌のグラビアを拡げたら、いつもながらうんと綺麗に撮れている私のお姿が……。

「年を重ねるごとに美しさを増している人」

というキャプションもついていて嬉しいではないか。

本当に女性誌のグラビアって大好き。ライトやレフ板を駆使して、実物の数十倍美人に撮ってくれるばかりでなく、ついでにパソコンで修整もしてくれる（私のはほとんどしないと編集者は言いわけしてるけど）。そしてこちらが気恥ずかしくなるような美辞麗句を並べたててくれるのだ。おかげで本人に美人の自覚が生まれてくるではないか。しかし、直に会う人々は全くそう思ってくれないので、ギャップにすごく苦しむ私です。

つい昨夜のこと、男の人ばっかりの集まりに出かけた。お酒が入ると、みんな誰それが美人、あれはいい女だとかいうセクハラまがいの話になる。

その時、ある有名人女性のことが話題になった。みんな一様に「すっげえブス」とか言う。こういう時、私の立場というのは微妙ですね。美人だったらふふっとか笑ってもさまになるが、私なんかだと自分にも火の粉がふりかかってくるような気がする（少しも自覚なんかないじゃん）。

そしてこういう時、つい庇《かば》ってしまうのが私のイヤらしいところ。だって一緒に「ホーント」なんて言える立場じゃないもん。

「私もあの方とはお会いしたことはありませんが、すごくおモテになるみたいですよ」

「誰に？　人間に？」

とひどいことを言う。

「あんなのがモテるわけないでしょう」

「でもいろんな人から、とてもモテるって聞いてますけどね」

「そんなの自己申告だよー」

ひとりが大きな声で言った。

「あのね、ブスの自己申告ぐらいみっともないことはないの」

「そうだよ、○○○○（これも有名文化人）だって、自己申告によれば、しょっちゅう男を取り替えたことになってるよ」

うなだれて、わが身を振り返る。私、今まで「モテる」と口にしたことがあるだろうか。いや、ない。正直だけが取り柄の私である。少女の頃から、まるでモテなかったけれども、そりゃ、年頃になれば、それなりのことが起こる。結婚が遅かった分、恋愛の数もふつうに結婚した人よりはちょっと多かったかも。仲よしの男友だちいわく、

「アンタの賢いところは、自分がモテないってよーくわかっているところ。だから男がたまに寄ってくると、しっかり握って離さない。だから結局は幸せになる」

ま、これがいちばんあたっているかも。しかし今まで小説はともかく、恋についてのエッセイはたくさん書いてきた。ああいうのも実は「自己申告」と思われていたかも。そう、

思えば、ちょっと図々しいこともしてるかも。

半月前のこと、ある男の人と二人、和食店の小部屋で食事をしていたと思っていただきたい。何を食べてたかっていうとスッポン鍋よ。こういうのが、大人の男と女っぽくていいでしょ。そうしたら男の人が言った。

「君の書く小説って、不倫やすごいセックスシーンがよく出てくるよねー」

「ま、物書きですから、いくらでも想像で書きますよ」

「いや、あれは想像だけじゃない。半分は現実だと思うなァ」

「さあ、どうかしら〜」

ふふっと微笑む私。相当に厚かましいことをしてますね。こういうのも自己申告ですね。ま、こんなことをしても、手ひとつ握られない私ですけどね。

太ももに加圧のチューブをつけ、一生懸命自転車こぎをしながら、私は何を夢見ているのかしらん。そう、マリリン・モンローになって、男の人にちやほやされる日が、いつか来ると信じているのではないかしらん。このトシになっても、いつかそんな日が来ることを願っている。

モテる女の話というのは、人から人へとこそこそ小声で伝わっていく。そお、自己申告の女、と言われるぐらいつらくみじめなことはない。ぐすっ。

ご冗談でしょ

少年隊のファイナルミュージカルへ行ってきた。

場所は青山劇場、ピンクの椅子のおしゃれな劇場である。彼らはここで二十三年もの長いこと、ミュージカルを続けてきたのだ。

そんなわけで、お客さんもわりと年齢が上かもしれない。落ち着いた、和気あいあいの空気の中、幕が開く。バックに昔の映像が流れる。やっぱりみんな若い。男のコ、という感じである。今、植草クンは素敵な息子さんと一緒にステージに立っているし、錦織クンは絶妙な三のセンをもって場内をわかせる。そんな中、二のセンをきりりと守り抜いているのがヒガシですね。相変わらず美しくカッコいい。踊りのすごさは、もうため息が出るばかりだ。ヒガシが激しく体を動かすと、汗がしぶきとなって放射状に飛ぶのが見える。それがとってもセクシー。

ヒガシの美しい美しい横顔。いかにも女に冷たそう。だから女は夢中になってしまうのね……。そう、私はヒガシをアイした自分の歳月に思いを馳せたの。

初めてヒガシを見たのが、そう、この青山劇場。彼らが公演を始めて二年か三年めだっ

たんじゃないだろうか。私もファンもまだ若く、キャーッという声援も当時はずっとトーンが高かった。

「右端の男のコ、なんてかわいいの！」

と私はアンアンのエッセイ（このコラムの前身のそのまた前身ですね）に書いた憶えがある。

そしてファンだということを公言しているうち、ヒガシと食事をする機会も何度か生まれた。といっても、必ずマネージャーさんが一緒だったけどさぁ。ジャニーズの人はみんなそうであるが、ヒガシはとても礼儀正しく、折目正しい青年であった。私がちょっとしたあることをしたら、お礼にと言って、高級ブランドバッグをお土産に買ってきてくださったこともある。

私の自慢話をもっとしよう。

あれは二十年ぐらい前だったかしらん。松居一代さんがまだ純粋美人女優だった頃、少年隊のミュージカルに出演したことがある。あの時は松居さんを訪ねるという名目で、よく楽屋に行ったわ。

「少年隊に何か差し入れしたいわ」

と聞いたら、

「うんと豪華なお弁当にしたら」

ということで、青山の洋食屋さんにつくってもらったこともある。そうよ、結構仲よしだったんだから。

しかし月日は流れ、ヒガシは大スターに、私はヒトヅマになり、会う機会などなくなった。そして少年隊のミュージカルも、この数年はごぶさただった。それが今年でファイナルなんて、本当に悲しい。このミュージカルはずっと続くと思っていたのに。

フィナーレは、過去のヒット曲が続き、ものすごい盛り上がりとなった。隣の席には、私ぐらいの年齢の女性が座っていたが、ずうっと手拍子をし、最後は涙ぐんでいたもんね。そう、スターとの歴史はみんなの青春。あの時、誰をどれほど愛していたかということが、女の道のりの基準となるのだ。

そして今回のコンサート、新しく女たちの愛の対象となる、かわいい男のコたちがいっぱい。いわずとしれたジャニーズである。いちばん年が若いといおうか小さいコは、なんと九歳だと。みんな踊りもうまいし喋りも最高。へんにこまっしゃくれた感じではなく、ハキハキと素直なのだ。

「あのコたち、なんてかわいいの」

「帰りに一人さらっていきたいよね。息子にしちゃう」

などとホリキさんと喋りながら、幕間にロビーに。Jr.のブロマイドが貼ってあり、用紙に書いて申し込むようになっている。が、人だかりがすごくて、前に近づけない。

「なんか明日のスターを探す、青田刈りっていう感じだよねー」

二人、感心して眺める。そこへやはり今夜の公演にやってきたマガジンハウスの方々がいらした。

「あ、ハヤシさん。紹介するわ。うちの△△編集部の○○○よ」

「はじめまして」

名刺交換する。

「あのね、この○○○ってね、中学生の時にジャニーズ事務所に応募したのよ。図々しいでしょ」

ほんとに図々しい。この彼、背は高くまあまあのルックスであるが、たった今、ヒガシを肉眼で見た者にとっては、ただのおじさんである。

よく男のコがいるママは、半分本気で、

「いずれジャニーズ事務所に」

と言う。ジャニーズ系という言葉も定着した。が、少年隊や嵐、関ジャニ∞、SMAP、岡田准一さんを間近に見た私に言わせれば、

「ご冗談でしょ」

本当に彼らのカッコよさときたら、ふつうじゃない。その中でもヒガシときたら……。いやだ、私って相当しつこい。ストーカーになる要素をいっぱい持ってる私ってなんかイヤになります。

ワタシは旅ガラス

私は東京で遊んでいるだけじゃない。

かなり忙しい旅ガラス、になる時もある。

ある日の夕方、札幌へ行った。夜のパーティに出席するためである。

ここの主催者が大金持ちのうえに、とても気を遣うので、ものすごく豪華なパーティになった。私はふだんパーティで何も口にしないけれど、その夜はガツガツ食べた。

なぜなら札幌の一流鮨屋が握るお鮨、アワビにカニに十勝牛、フカヒレになんと札幌ラーメンもあって、茹でて小丼で食べさせてくれる。どれもすごくおいしい。

おまけにワインがすごいの！　ふつうこういう時というのは、十勝ワインとかご当地ものが出るが、ラフィット、ラトゥールという高級ワインがズラリ。

「すごいじゃん」

と知り合いとテーブルにたむろしてぐびぐび飲んでいたら、すっかり酔っぱらってしまった。おかげでスピーチをするために舞台に立つ時は、ふらふらになっていたほどだ。

パーティの後は、仲よしの男性二人とお鮨屋さんへ行く。札幌でいちばんおいしいお鮨屋を予約してもらったのだ。ここはワインを置いてあって、ここでもガンガン飲む。その後はススキノの高級クラブへ……。

うーん、こんなに飲んでいいんだろうか。ダイエット中ということはとうに忘れ、少しはめをはずして飲みすぎたかもしれない。酔っぱらってホテルに帰り、ぐでんとベッドに倒れる。気がついたら午前四時だ。こういう時、真青になりますね。そう、お化粧したまま酔っぱらって寝るなんて、トシマがいちばんしてはいけないことだ。

ようやく起きて顔を洗ってもう一度寝る。

次の日は七時に起きて札幌駅へ。講演会のために帯広へ向かうのだ。車で送る、と言われたけれども断った。実はプチ〝鉄子〟の私。鉄道で行くのが大好き。ジュースとサンドイッチを買って列車に乗り込む。これから三時間足らずの旅、最高です。本もいっぱい読めるしね。

やがて列車は帯広駅に着き、市民ホールへ。私は客席五百人ほどの小ホールで講演をするのだが、大ホールの楽屋がなんかざわついている。早くからブロックされて、人の出入りが多い。

「今日は、郷ひろみさんのコンサートがあるんですよ」

何ですって！　ひろみGOといえば、もうしっかりと友だち。

「マリコさん」

「ひろみさん」

と言い合う仲である。

「私、すっごい仲よしなの。これからメールしちゃうわ」

と自慢したところ、そーですかと、人々は疑わしそうな目で見る。なんかいやな感じ。

しかしメールはすぐに来た。

「すごい偶然ですね。会えるといいですね」

私の講演が終わり、楽屋に戻ったら、ちょうどひろみさんが楽屋に入るところ。さすがに大スター。ものすごいスタッフの数である。

「マリコさん、久しぶり」

ひろみったら、しっかり手を握ってくれたのよ。これでホラおばさんの疑いも晴れて、私はとてもうれしい。

さて、私の講演は二時から行われた。終わったのは三時半。一時から始めてくれれば、三時半の飛行機で帰れたのに、これを逃したばかりに、帰りの便は八時半になってしまった。

その間何をするかというと、遠く離れたエコの森を見学することになっているのだ。人間が植樹をして、古来の森に戻す運動をしている。何千坪という森は、とても素晴らしいところで、いろいろな工房も出来ている。私はここで桜の苗を記念植樹することになっているのだ。新聞社の人も何人かついてきて、写真をパチパチ撮られる。それはいいんですが、用意された長靴がちょっと……。何人はいたかわかんない感じで、プーンとにおうんですね。私は夫を思い出した。私の夫は、水虫で長いこと苦しんでいる。彼いわく、これは海外での長靴が原因なんだそうだ。エンジニアの彼は、世界のいろんな現場に出向く。その際、ヘルメットをかぶり、長靴をはく。その時、水虫の人の長靴を何度かはいたため、菌がついてしまったんだと。

私はソックスを持ってこなかったことを後悔した。ナマ脚じゃないけれど、その日の私は網タイツをはいていた。網目から、水虫の菌がつきやすいかも……。

やがて森の中に入り、私は大切に苗を植えた。早く大きくなってね。必ず五年後、十年後見にくるからね……。

その時、長靴の中で痛みが。しばらくたってから脱いだら、なんと血がにじんでいた。どうやら強く大きな蚊が、長靴の中に入り込んでいたらしい。

私は蚊にいちばんさされやすいO型のうえに、あの日はかなりアルコールが残っていた。どうやらどう猛な蚊たちは、私を目がけてやってきたらしい。四日たっても、なんと九ヶ所が真赤に腫れていて治らない。水虫よりはマシだったかもしれないけど。

旅に出ると、ホントにいろんなことが起こる。私は今、ふくらはぎをポリポリかきながら、あわただしかった旅を思い出している。そう、ひろみGOに会えたのは、なんか運命を感じたと、皆にさんざん言いふらしたワ。

旅の覚悟

ふふふっ……、夏休みの夜遊び計画を思うと、自然に笑みがもれる。

いつもは六時起きの私であるが、夏休みの間はちょっと寝坊が出来るからだ。

今日は超イケメン男性アナウンサーと、オペラを観に行く。その後はワインレストランで軽いお食事。これは二人きりね。

明日は複数なのが悲しいが、某イケメン俳優とお食事をすることになっている。私の親しい編集者が、彼と飲み仲間ということがわかり、お食事会をセッティングしてくれたのである。その後はもちろん飲み会になだれ込む。

「その後こんなことしちゃったりして」

と頭の上で大きく輪をつくる私。

「ハヤシさん、何ですか、それ」

と、ホッシー。

「えー、知らないの、これって巷《ちまた》で流行ってるポーズだよ。『女性セブン』のグラビア見てないの？　ほらさ、あなたにも憶えがあるでしょ。抜けがけしようと思ってる男と女って、テレパシーで通じ合ってる。離れて歩いていても、もう話は出来てる。もう動物的な以心伝心っていうやつですね。だからまわりの人を、どんどんタクシーに乗せる。そして決定的なGO！　このポーズはね、あの時山本モナが、二岡（智宏）に送ったOKサインなのよッ」

「そうなんですか。僕はてっきりハヤシさんが盆踊りの真似をしているのかと思いました」だと。

しかし私も女と生まれたからには、あんなOKサインを出したかった。ショートパンツはいて、晴れ晴れと楽しげにOKと合図する。メスがオスに送る、なんてきっぱりとしたシンプルなメッセージ。よっぽど自信がなければ出来ないことだろう。

でもいいんです。私はもう男と女のゴタゴタなんてまっぴら。昔さんざんしたから（ウソ）、今はもう温泉の方が似合ってるんです。

ということで実は先週、豪華温泉旅行をしてきた。最近とても仲がよくてツルんでいる中国人の友だちから、

「一度行ってみたい」

と頼まれたので、日本で最高の人気スポット由布院へと案内した。それで泊まるところは、名旅館として知られる亀の井別荘と玉の湯である。

ここのところ、あまりにも観光地化されて、人気にやや翳《かげ》りが見える由布院。人力車に猫屋敷、足裏マッサージと、京都嵐山化している。昔を知っている私には驚くことばかり。けれども亀の井別荘や玉の湯の広大な敷地の中は、ひっそりとしていて静かな時間が流れている。

日本の建物の美しさに、青葉がよくマッチして、

「なんて綺麗なの、なんて素敵なの」

と友人は感動していた。

どの部屋にも、ケヤキづくりの大きなお風呂がある。ガラスごしに見る夏の林の美しいこと。外には大きな露天風呂も。

が、本当のことをいうと、せっかちな私はゆったりと温泉に入っていることが出来ない。とてももったいないことであるが、つい文庫本なんか読んでしまうんですね。

ま、お風呂よりもお風呂上がりが好き、といった方が正しいかもしれない。浴衣でビールをぐいっ、というのは男性のすること。私は地元の名酒のきーんと冷やしたのか、赤ワインをいただきます。

そして亀の井別荘も玉の湯も、相変わらずお食事が素晴らしい。地の野菜、お肉、近くの海から運ばれるお魚を使って、次々とお皿が運ばれてくる。よくある温泉旅館料理（あれもあれで楽しいが）ではなく、よーく工夫されたおいしいメニューだ。

私はダイエット中であるが、こういう時は心を決める。

「温泉に来て、食べなきゃ仕方ない。こうなったからには、とことん楽しみます」

けれどもお国柄であろうか、中国人の友だちは私のように割り切れない。彼女は毎晩ジョギングしていて、夕飯はジュースぐらいしか口にしないそうだ。

「私、こんなに食べたことない。どうしよう、どうしよう」

「ねぇ、もうこうなったからには、とことんおいしくいただきましょうよ。おいしいもので太ったら、それはそれで仕方ないわよ」

「それはわかってるけど」

おそるおそる、という感じで箸をすすめる彼女。でもすごくおいしいので結構食べるのであるが、

「私、この四日間で二キロは太ったと思うわ。いーえ、三キロはいったかもしれない」

なんていうことばっかり言ってるので、私もちょっとメゲてきた。

さて来週からは、いよいよ夢のナパバレーツアーが始まる。そう、ワイン好きが五人、とことんカリフォルニアワインを楽しもうという旅だ。ホテルもレストランも、すっごく素敵なところを予約したんだから。

「もうさー、この時は覚悟を決めて飲むわよー。ダイエットなんて忘れちゃうわー」

とホッシーに言いつつ思った。いつも私ってダイエットを忘れる旅ばかりしている。

実は同じ時期、仲よしの男友だちから断食ツアーに誘われたが、こっちは即座に断った私です。

脂肪との戦い in CA

暑い夏が続くが、ひたすら加圧トレーニングに励む私である。週に二回行き、一生懸命頑張っていたら、腕にしっかり筋肉がついてきた。力こぶをつくってみたら、すごい筋肉である。こんなに短期間につくなんてびっくりだ。

が、私の脂肪はまだ消えることはない。俗に〝振り袖〟と呼ばれるひらひらのやわらかい肉がまだしっかりと残っている。

「筋肉と脂肪との同居」

私は「妻妾同居」という言葉を思い出した。世の中でしてはいけないことといわれているが、やはり筋肉と脂肪も一緒にいてはいけない。筋肉が来たら、脂肪にはすみやかに去っていただきたいものだ。

そんなわけで、私のノースリーブ計画はまるっきり進まない。脂肪が居すわり続けているからである。私はこの頃、ノースリーブの女の人を見ると反射的に二の腕を見る。

そしてわかった！　世の中には私よりもずっと図々しい人がいるという事実をだ。ちゃ

んと鍛えていないぶよぶよの二の腕を見せている人が結構いるのである。

「あの人があんなのを見せているんだったら、私だって見せてもいいかもしれない」と本気で思うようになったからコワイ。もう少し脂肪の勢力が弱まったら、私、やるかもしれません。

さて、ダイエットもやっとうまくいきかけた時、必ずといっていいほど訪れる私の危機。そお、旅行が待っているのである。

由布院温泉に三泊して、おいしいものをたらふく食べた後は、アメリカ・サンフランシスコに向けて出発。映画「サイドウェイ」を観た私は、ずっとナパバレーのワインツアーに憧れていたのだ。

「行きたい人？」

と募ったら、男二人、女三人が集った。みんなそれぞれ仕事が違い、私が軸になっているがその他はみんな初対面。

ガイド役をかってでてくれたのは、精神科医のワダ先生。彼はカリフォルニアワインのオタクであるばかりでなく、あちらの方に留学していたから大層詳しい。

このワダ先生と一緒にワイン会を開いてもう四年になる。女三人、男四人というグループであったが、このうちひと組がゴールインした。ワインというのはそういう力があるらしい。

ワダ先生によると、カリフォルニアワインというのは、葡萄の種類がはっきりと書いてあるために、初心者にはおすすめ。フレンチのどーの、こーのに比べれば値段もずっと気楽である。

といっても、この頃カリフォルニアワインでもとんでもない値段のものがある。『スクリーミング・イーグル』（叫ぶ鷲という意味）というカルトワインは、いい年になるとなんと数十万円もする。ワダ先生、このワインを何本かコレクションしていて、私に一本くれたことがある（たぶん安い年だと思うが）。何かというとギャラの代わりである。

昨年（二〇〇七年）のこと、ワダ先生は念願の映画を撮った。なんでも映画監督になるのが先生の夢で、そのためにお金が儲かる医者になったということだ。

その時、友情に篤《あつ》い私は、女優としてちょい役で出てあげた。もちろんノーギャラでね。その後もお金なんか一銭ももらわず、五つぐらいの映画のトークショーに出てあげたのではないかしらん。

「ボクは一生、ハヤシさんに頭が上がりませんよ」

とか言って、ワダ先生はワインを私に捧げてくれたわけである。『スクリーミング・イーグル』はものすごくおいしかった。が、アメリカ・ナパバレーへ行けば、もっとリーズナブルでおいしいワインがいっぱいあるみたい。

行こう、行こう、我らワイン探偵団。進め、進め、ナパバレー！

という感じで、私たちはレンタカーのバンにのった。これでいろいろなワイナリーをまわるのだ。

カリフォルニアワインといえば、まず誰しもが頭にうかべるのが『オーパスワン』ではなかろうか。さっそくここのワイナリーに行った。三十ドル出せば、誰でも試飲させてくれる。でもほんのちょっぴりね。

「実はオーパスワン、セカンドクラスもすっごくおいしいですよ。人によってはセカンドクラスの方がおいしい、という人もいるぐらいです」

と、こっちのワインに詳しいワダ先生は言う。そして流ちょうな英語で店の人に、

「セカンドクラスを試飲させてください」

と頼んだところ、数が少ないのでダメ、と断られてしまった。

「でも購入することは出来ますよ」

「おお、やった」

とワダ先生。

「セカンドクラスはつくる量がものすごく少ないので、めったに日本に入ってきません。買っていくと喜ばれますよ」

ということでワンケース十二本購入。箱のまま日本に届けてもらうことにする。値段も手頃なのでお土産にぴったり。

そして夜は豪華なレストランで食事。ワインをものすごい量飲む。おかげで脂肪がいっきに勢力を取り戻したようである。いったいどうしたらいいのか。脂肪エイリアンとの戦いが始まる。

ワインの報酬

私はお酒が好きだが、こんなに毎日飲んだことはない。なにしろカリフォルニア・ナパバレーに来てからというもの、昼間から飲み続けているんだもの。

昨夜はレストランでさんざん飲んだにもかかわらず、それでも飲み足りなくてホテルのある人の部屋へ集まった。狭い部屋でみんなベッドやソファのあちこちに座り、持ち込んだワインをがんがん飲んでいたら、ドアをノックする音が。

「ビイ・クワイエット！（静かにしろ！）」

そりゃそうだ。もう午前一時を過ぎている。

急いで自分の部屋に戻ったものの、この時点でかなり飲んでいた私。次の日起きると、すごい吐き気が。おまけに軽いぎっくり腰になっているではないか。

「ひぇー。二日酔い、ぎっくり腰、時差ボケの三重苦だよー」

しかし私たちの旅はドクター付きなのである。

「薬はひととおり持ってきたので、何でも言ってください。腰痛、吐き気止め、生理痛、

ひぇ〜
焼肉に
高級ワイン
ここだから出来る
ぜいたく〜！

何でもありますよ」

とワダ先生が、薬の包みをどさーっと見せてくれた。やがて迎えの車が来て、私たちはLVMHグループのワイナリーへ。〝ドンペリ〟も持っているこのグループは、ナパで『ニュートン』というワインを造っているのだ。

私たちのホテルからナパバレーまではかなりある。

「近道ですから山越えしましょう」

ガイドの人が言った。かなりのくねくね道である。わ、吐き気が。バンの中でゲロしたらどうしよう。

「先生、吐き気止め、もっと頂戴。早く、早く」

私は叫んだ。そして車はナパへ入り、住宅地の中を通ったと思ったら、また山の中へ。広大な葡萄園が広がっている。ここでいろいろ案内していただき、特別にテイスティングをさせてもらうことに。ここのワイン『ニュートン』は、エリザベス女王がホワイトハウスにいらした時、ブッシュ大統領が晩さん会に出したものである。そのぐらい評判の高いワインであるが、私を筆頭に二日酔いの一行はあまり手が出せない。

「グラスにまたつぐので、余ったらピッチャーに捨ててください」

と講師役の女性が言う。昨日までの私たちだったら、ワインをピッチャーに捨てるなんてもったいないこと、絶対にしなかった。すべてグラスを空にしていた。が、連日こんなに飲んでいると……、

「ワインさん、ごめんなさい」

とつぶやきながら捨てる私たち……。

しかし夜になるとまた元気を取り戻すのが、二日酔いの不思議なところだ。

ナパからレンタカーで、一路サンフランシスコへと向かう私たち。ナパはそうでもなかったが、サンフランシスコは身震いするぐらい寒い。ハーフコートを着ている人だっている。Tシャツ姿の私は悲鳴をあげた。

「寒いよー、セーターを買いたいよー」

サックス・フィフス・アベニュー、シャネル、グッチをいろいろ見たが、結局は無難なラルフ・ローレンの黒のセーターにする。

それにしても、街角でもどこのブランド店でも、日本人をめっきり見なくなった。日本人かと思うと中国人の方々である。

「昔はさー、ニューヨークでもパリでも、とにかく日本人がイヤになるぐらいウヨウヨいたもんだけどさ、こういなくなると淋しいよね」

などという話をしながら、私たちはジャパニーズタウンへ。ワダ先生が言った。

「最後の夜はここにワインを持ち込んで、じゃぶじゃぶ飲みながら焼肉を食べましょう」

ずーっとフレンチだったので、みんな大賛成した。ナパバレーはもちろん、ここサンフランシスコでも、二十ドルぐらい出せば、どんなレストランでも（ホテルの高級ダイニングでも！）ワインが持ち込めるのである。

酒屋さんへ行って、ワダ先生は『ピーター・マイケル』の赤を買った。このワインは、カリフォルニアに来てから私が大好きになったもの。焼肉と飲むにはちょっともったいないほどの高級品であるが、栓を抜いてすごい勢いで飲む。もう一本私が〝ジャケ買い〟したやつもね。が、気をつけなくてはいけないことは、キムチを食べた直後はワインを口に含まないようにし、サラダで舌を中和させること。

食べちゃ飲み、飲んじゃ食べていた旅であった。が、ますますワインが大好きになり、その輪郭がおぼろげながらわかったような気がする。

日本に帰ってから、ワダ先生から電話があった。

「帰って体重を量ったら、五日間で二・五キロ太ってましたよ。びっくりです」

私は怖いからまだ量っていない。たぶん加圧トレーニングの甲斐もなく、すごく太っていることであろう。が、仕方ない。あれだけ楽しい日々を過ごしたからだ。

「思い出は胸に、これからはお酒を控え、ダイエットに励もう」

と思っていた矢先、アメリカからどんどんダンボールが届く。そお、あちらで買ったワインの数々ですね。もう仕方ないか……。

走れ、マリコ！

アメリカへのワインツアーのおかげで、ますますワインが好きになった。このところ、ワインなしでは夕食を食べられない。ちょっとしたレストランでのランチでは、必ずグラスシャンパンとグラスワインを飲みます。

「私のカラダはワインの血が流れてるの！」

などとナオミ・カワシマのようなことを言う私。

ところでつい先日、ナオミ・カワシマに会った時、さりげなく尋ねた。

「あのさー、ナオミさんみたいなスタイルだと、やっぱり体重は四十キロ台なんでしょう」

「やあーね、私の体重は四十キロぴったりよ」

ガーン！　ショックを受けた。成人した女性がたった四十キロだなんて。私はどうやら体重の単位が違う世界でさまよっているらしい。

さて、もう古い話になるかもしれないが、北京オリンピックの女子マラソン、本当に残念であった。私は野口みずき選手のファンで、マラソンを楽しみにしていたのに、まさか

欠場とは想像もしていなかった。が、もちろん中継は見た。道路を走るアスリートたちの美しいこと。

私は十六年前に行ったバルセロナオリンピックのことを思い出した。私はあるスポーツ紙の名誉支局長ということで現地にとんだのだ。オリンピックは選手で行くのがいちばん楽しいだろうが、プレスとして入るのもかなり楽しい。巨大なプレスセンターなんかがあって、世界中のジャーナリストが集まってくる。飲み物なんかみーんなタダ。IDカードさえ首にかけていれば、シャトルバスにも乗り放題だし、各競技場にはプレスシートが確保されている。おまけにスペインの料理はおいしくて、毎晩のようにカヴァと呼ばれる発泡酒と名物の生ハムで、記者の人たちと宴会していたんだっけ。

ある日のこと、別の競技を見ていたら、

「女子マラソンで、日本人選手がトップ争い！」

というニュースが入ったのだ。さっそくメイン会場のところへ行ったら、有森裕子さんがメイン会場への道を走っているところであった。あの時、誰も予想していなかった銀メダルをとったのだ。

まのあたりにして本当に感激したなあ。コロシアムに向かう有森さんの肉体の美しさといったら、今でも目にやきついている。おまけにゴールしてよく見たら、顔も相当の美人であった。本当にカッコよくてすごい人だと心底しびれた。

その有森さんと、同じエンジン01のメンバーとして、今、仲よくお話しする身の上になれた私は幸せもんだ。エンジン01というのは、現在二百人を有する文化人の団体で、いろいろな活動をしている。そのいちばん大きなものが、オープンカレッジという公開イベントだ。今年（二〇〇八年）は名古屋で何十コマというシンポジウムが開かれる。そうそうたる人たちが、みんなノーギャラで参加してくれるのだ。その中のひとつに、

「有森裕子と走ろう」

という講座があった。天下のメダリスト、有森裕子さんが、一緒に走ってマラソン指導してくれるのだ。ふうーん、楽しそう。「途中棄権もＯＫ」とあるし、参加したいなァ、と思っていたら、実行委員の人たちから、

「ハヤシさんも出てよ」

という要請があった。一般の受講者だけではナンなので、にぎやかしといおうか、お笑い系といおうか、講師の中でも特にスポーツに縁のなさそうな人が声をかけられたようだ。が、こうなったからにはやる。あのバルセロナの感激が甦る。

マラソンの大会の時、歩道で見物人の後ろを走る人が、必ず四、五人いるものだ。選手と自分とがどのくらい違うか試している、身のほど知らずのオッチョコチョイであるが、あれってすごくよくわかる。まさに私がそのタイプだからだ。

「よーし、有森さんと走るぞー！」

と雄たけびをあげた後、声が急に小さくなる。

「ま、二百メートルも走ればいいんじゃないのォ」

それを聞いた、私のパーソナル・トレーナーが怒った。

「ハヤシさん、そんなふざけたことはやめてください。四十二・一九五キロのフルマラソンは無理としても、せめて十キロは走ってください」

ということで、この頃毎日、ウォーキングと軽いジョギングをしているのである。

あと二ヶ月で、私の肉体はいったいどのくらい鍛えられるのであろうか。が、トレーナーは言う。

「ハヤシさん、その前に体重を減らしてくださいね」

なんでも、走ると膝には体重の三倍の負荷がかかるということだ。私のあの体重……×三倍……、ひぇー、そんな、私の膝がかわいそうです。ナオミ・カワシマの四十キロは夢のまた夢としても、あと五キロ、いや十キロはなんとか減らしたい。が、この頃頑張っている加圧トレーニングの際、朝食を抜かしたら気分が悪くなった。朝、元気をつくる炭水化物はちょびっと摂りたい。しかし痩せたい……。そうした今、トレーナーの人が素敵なものを持ってきてくれた。フスマでつくった、炭水化物ほとんどゼロのパンである。さっそくインターネットで大量に取り寄せた。めざせ、アスリートの体、アリモリに続け！

SATCの教え

女同士ツルむのが
いちばん楽しい!
ということを「SATC」
は教えてくれる。

公開された次の日、さっそく観に行ってきましたよ、「SATC」(セックス・アンド・ザ・シティ)。

あれは五年前のことだったろうか。ものすごく上品で綺麗な奥さんがこうおっしゃった。

「この頃、私、セックス・アンド・ザ・シティにハマってしまって、録画して必ず見てるの」

ま、セックス、なんて堂々とおっしゃって、いいのかしらんと、私は顔を赤くしたのを憶えている。

ところがご存知のように、今じゃこの映画の広告を新聞はおろか、テレビでもバンバンうっていた。ふつうの時間、ふつうに「セックス、セックス」という言葉が、日本のテレビで連発されたのは、これが初めてではないだろうか。

さてテレビドラマだが、私のまわりでも再放送を見ている、という人が多くなった。流行に弱い私は、さっそくWOWOWを見たのであるが、ちょっとげんなりした感じ。なんといいましょうか、肉食人種の女の、男のつかまえ方というのは、日本の女とはちょっと違うなァ、と思ったのである。日本ではあそこまでストレートな女性はあんまりいない。それに四人の女優たちが、ひとりを除いてあんまり美人じゃないのも、いまひとつのれなかった理由かもしれない。ヒロインのキャシーなんて、立派な馬顔だものね。

「いや、だからこそ親近感を持つのよ」

と友人は言う。まあ、映画は面白いという噂だから、ひとまず観なくっちゃね。

最近、映画はひとりで行くこと、をモットーにしている私。友人と都合を合わせて映画を観、その後お茶したり、ランチしたりすると半日は取られてしまう。朝いちばんの回をさっと観て、さっと帰る。ただし、いいシアターで。そんなわけで私がよく行くのは六本木ヒルズのシネマだ。時間がある時は、グランド・ハイアットに寄り、朝ごはんを食べる。ここのビュッフェはかなりお高いが種類も多くて、雰囲気も素敵だ。が、ダイエット中の私は、ずらり並んだ焼きたてパンやペストリーを横目で見て、トマトジュースにサラダという朝食をとる。一流ホテルのダイニングで、背すじをのばしてひとり朝食をとる。これだけでとても優雅な気分になれる。

そして映画館に入り、うんとふんわりしたシートに身をつつまれる喜び。ホントに映画を観るのはひとりに限ります。エッチな場面でも、隣にいる男の人に気を遣わなくてもいいしさ。

そして予告編を見ていたら、あきらかに他のものとは違う大作のCMが流れた。

「あの名作『マディソン郡の橋』の脚本家が監督、アカデミー女優、ヒラリー・スワンク主演」

とでかでかとあり、

「日本語版翻訳　林真理子」

という名前が出た時は、暗闇の中なのに、恥ずかしさのあまり思わずうつむいてしまいました。そお、私が手がけた本が、今回ハリウッドで大金をかけた恋愛映画になっているのだ。

翻訳といっても、私に出来るわけはない。これはちゃんとあと書きで説明しているが、あらかじめ訳してあるものを大幅に削ったりして手を加えたのだ。映画館で、こんなに大きく私の名が「翻訳」ということでのっちゃって、思いもよらないことでドキドキした。

さて、映画であるが、ゴージャスなトップモードが、これでもかこれでもかと出てきてびっくり。私でさえわかる今シーズンのブランドのものがどっちゃりだ。

そしてしみじみと思う。ニューヨークの女たちって、なんてパワフルで楽しそうなんだ。今生きている時間を、今生きている空間をめいっぱいに楽しもうとしている。が、わがTOKYOも負けてはいない。

オリンピックも終わり、秋も近づいてきたとたん、夜遊びのお誘いがいっぱいくるようになった。ワイン会に、女だけの中華、超高級レストラン、そうそう、仲よしのお誕生日会は、六本木のゲイバーでやるんだって。

「よーし、あの四人組に負けないぞ。あと二回は恋をするぞ」

と心に決めている私である。

が、今回映画でわかったことがある。いい女というのは脚で決まる。雪の中を歩く時にだってヒール。夏は当然のことながらナマ脚。マノロ・ブラニクとか、ジュゼッペの靴を何気に履いている。適度に筋肉のついた、すうっと伸びた脚を惜し気もなく見せて、女であることを強調しているのである。最近ついフラットシューズを履くことが多いが、どんなにつらくてもヒールの靴を履かなくては女とはいえないのだ。そして他のいい女とツルんで早足で歩く。そーよ、これだわ。

もうちょっと秋が深くなったら、表参道をさっそうと歩く私を見てほしい。映画みたいに四人並ぶと通行の邪魔になるので、三人ぐらいにしときます。

大腸セカンドライフ

デブになったのが恥ずかしく、人間ドックに行かないようになってはや三年。ある日ものすごくお腹がいたくなってきた。

「もしかすると、どこか悪い病気ではないかしらん」

心配になって病院へ行き、レントゲンまで撮ったところ、ガスがものすごくたまっているんだと。そう、私、病的な便秘なんです。

「血液検査も異常なしですが、一回ちゃんと大腸の内視鏡検査をやった方がいいですよ」

ということでしぶしぶ予約した私。それが七月のこと。八月末の人間ドック（大腸検査つき）の日が近づいてくるにつれて、次第にゆううつになり、元気がなくなってきた。

とりあえず体重を何とかせねば。五百グラムでも一キロでも少なくしなくてはと必死になったところ、一週間で二キロ痩せた。もっと早く始めていれば、とつくづく反省した私である。

そしていよいよ人間ドックの日。屈辱的なメタボ検診があった一日めが過ぎ、そして二日めとなった。大腸検査のある日だ。

「午後から検査になりますので、午前九時に来てくださいね」

午後から始まるものが、どうして午前九時になるわけ？　理由はすぐにわかった。そう、下剤を飲んで、出すものを出しつくすのである。

この下剤の量がハンパじゃない。白い液体二リットルが入ったボトルをどーんと置かれ、

「時間をかけてゆっくり飲んでください」

だと。正直まずい。が、ただのスポーツ飲料と思って飲むことにする。個室に入り、雑誌を読みながらちびちび飲む。雑誌が面白くて、つい飲むのを忘れたりする。

「いけない、いけない。早く飲んで、その時が来るのを待たなきゃ」

その時が来たら、トイレの前のソファに移動した方がいい。そのぐらいすごいことになるらしい。

ところがすっかり飲み終わり午後になっても、私のお腹はゴロゴロとなっていかないのだ。怖るべき便秘力！　脂肪と同じように、あれも私の体から出たくないと必死らしい。

「おかしいですね。もっと下剤の量を増やしましょうか」

と看護師さん。いや、あんなものをあれ以上飲みたくないと思ったとたん、やっときざしがあった。

そしてその後、私はミルク飲み人形のようになりましたね。トイレをどれだけ往復したことか。ビロウな話で恐縮ですが、最後は透明の水が出るばかり。こうなってくると、とても気持ちいいですね。

「そうか、私の大腸空っぽになったのね。何年かぶりに大掃除されたのね。今、この瞬間からは、ジャンクフードなんか絶対に食べない。体にいいものだけをちょびっと食べる。そお、心を入れ替えたワ」

そう、なんか心も体も清らかになったみたいな気がする。体重計にのってみたらさらに一キロ痩せているではないか。

そして半日以上、ミルク飲み人形をしていた私は、かなり疲れて家に帰った。記念すべき一食め何を食べよう。美しく清潔な、なーんにもない私のお腹に入れるものは……、そう、やっぱりおかゆかしらん、ということでレトルトのおかゆと梅干しを食べた。炭水化物であるが、これは八十八キロカロリー。いい感じで私の大腸の〝第二の人生〟は始まった。

ところが問題は次の日であった。私は講演会があり青森へ向かった。せっかく行くからにはトンボ返りではなく、前日一泊して遊ぶことにしたのだ。青森には私の妹分、フジフミもいるしね。

空港まで迎えに来てくれたフジフミは言う。

「お昼、つゆ焼きソバだけどいいですか？」

「何なの、それ？」

最近町おこしで開発し、結構名物になっているとか。焼きソバの上に、おつゆがたっぷりかかっているんだと。高カロリー、高炭水化物ね。出来たらあんまりいただきたくはないのですが……。

が、親切なフジフミは、私のために有名店の個室を予約してくれて、いたれりつくせり。そしてつゆ焼きソバと共に、一枚の色紙も差し出される。こうなると残すなんて出来ません。つゆ焼きソバのお味は……、まあ、変わった食べものと言っておこう。

次は喫茶店へ。ここはロールケーキが有名で、遠くから食べにくる人もいるんだと。ここでも色紙が用意されていた。そしてロールケーキ、久しぶりで食べたのですごくおいしかった。

そして市場へ行き、お土産を買うついでにトウモロコシのアイスを食べ、そして夜はお鮨をどっちゃり。私は〝名物〟にとても弱いタチなの。

この話をしたらそっち方面に詳しい友人が言った。

「大腸検査の後って、空っぽになった分、吸収力がものすごくよくなって、倍、太るわよ」

そうだったのか……。心を入れ替え、大腸を入れ替えても、あれじゃいけなかったのね。

ときめきモウソウ中

この世のものとは思えない美しさ

仲よしのミポリンこと中井美穂ちゃんからメールがあった。

「マリコさん、宝塚観に行きませんか。今やってる『スカーレットピンパーネル』、素晴らしいですよ」

美穂ちゃんは、筋金入りのヅカファンで、いち演目につき三回は観ているというからすごい。

私も以前はわりと足しげく行っていたのであるが、チケットが入手困難のため、自然と足がとおのいてしまった。宝塚に行くのは二年ぶりかしらん。

待ち合わせをして、ランチを食べながら美穂ちゃんは言う。

「宝塚を観た後、街に出ると悲しくなりますよね。宝塚に出てくるような美しい男の人は、この世には絶対いないんですもの」

ちょっと見てくださいと、宝塚のパンフレットをめくる。そこには星組トップの安蘭《あらん》けいさんと、遠野《とおの》あすかさんの写真が。

「本当に美しいでしょう、この二人。それに歌がすっごくうまいんですよ。こんなうまい人はなかなか出てきません。それから男役二番手の柚希礼音《ゆずきれおん》さん、この人も歌のうまさじゃ定評があります」

いろいろ解説をしてくれて、すごく詳しい。美穂ちゃんは常日頃、演劇評論家になれるぐらい舞台を観ている。ストレートプレイ、歌舞伎、ミュージカル、オペラと、劇場に行かない日はないくらいだ。その彼女が観ても、宝塚のレベルはすごいそうだ。

「歌って踊れるだけじゃない。演技も素晴らしい。こんな役者さんたちは、世界に宝塚だけです」

と目がうるむぐらい熱心に話す。もうひとり君島十和子さんというヅカファンを知っているが、彼女も宝塚を話す時はこんな感じだ。どうやら宝塚は観続けていると、魂を奪われるようになるらしい。

ランチの後、女のコらしくアンミツを食べ、いざ宝塚へ。美穂ちゃんはチケットを取りに行ってくれた。

「今日はすごくいいお席です。銀橋から三番めですよ」

「銀橋って何?」

「エーッ、そんなことも知らないんですか。スターさんたちが歩いてきてくれる細長いスペースですよ」

舞台の前にオーケストラボックスがあるが、またその前にある横に長い花道、これを言うらしい。

そしてお芝居が始まった。安蘭さん演じるイギリス貴族が登場。信じられないほどの脚の長さ、そして信じられないほどの美しさである。恋人役の遠野さんも目を見張るような美女のうえに、素晴らしいソプラノである。本格的な発声法だ。

一度も宝塚を観ていない人のために説明すると、宝塚は女性だけの劇団のために、いろんな役をこなさなくてはいけない。若い女性が男性の老人、悪役を演じるのだ。これがヘタだと目もあてられないが、宝塚のすごいところは全く違和感がないところ。残忍な悪役を演じる柚希さんの色っぽさ、男らしさというのはぞくぞくするほどである。

やがてフィナーレとなり、私の大好きな大階段が出てきた。ここから降りてくるスターの方々は、やがて銀橋まで歩いてこられる。

大きな羽の飾りをしょった安蘭さんの美しいこと、遠野さんの気品高いこと……。このエリアは、スターさんの知り合いの人が多いところなので、みなさん客席に向かって微笑まれる。拍手をしながらも私はぼーっとなってしまい、思わず涙が……。

「な、なんて美しいの」

そして有楽町からの帰り道、美穂ちゃんの言った意味がやっとわかった。そう、安蘭さんのような美しい男の人は、この世には決していないのね。

「ミポリン、また宝塚に連れてきてね。お願いよ」

「わかりました。次は『エリザベート』に行きましょう。チケット、なんとかします」

などとカステラを食べながら、二人でいろいろお喋りする。

「ところでマリコさん、このあいだの男の人、素敵でしたね。ほら、パーティの後、みんなでワイン飲みに行って、後から来たあの方ですよ」

「そお、そお、私もあの人、カッコいいと思ってるんだ」

「見るからにマリコさんの趣味ですよね」

「やだー、わかる?」

身をよじるおばさん。

「わかりますよォ。知的でやさしそうで、あの方も結構いい感じじゃないですか。明日はゴルフで朝早いって言いながら、ずうっと夜遅くまでいらしたじゃないですかァ。マリコさんといたかったからですよォ」

人をのせるのがバツグンにうまいミポリン。すっかりときめいてしまった私ではないか。そう実世界には宝塚のような男性はいない。なんとかその中で折り合いをつけていかなきゃね。うんとうぬぼれて妄想を抱かなきゃね。

ディティールかフォルムか

秋になると、女の人の肌はどんどんキレイになっていきますね。夏の間のトラブルが嘘みたい。しっとりとファンデののりもすっごくいい。自分で言うのもナンですが、私は顔やスタイルを誉められたことは一回もないが、肌はいつも誉められる。

田中有久子さんのところで週に一回、造顔マッサージをやっているから、弛《たる》みや法令線もない（方だと思う）。それからこのあいだ小山薫堂さんからコラーゲンドリンクを送ってもらい、それを毎日飲んでいるせいだろうか、キメも整ってきたみたい。私に会ったたいていの人は、

「ハヤシさんって、本当に肌がキレイ。どうしてそんなにキレイなの」

と言ってくださるのであるが、そのたびに私はいつも空しい気分になるの。だって私の肌がキレイだなんて、いったい何人の人が知っているかしらん。

カッコいいことで知られる女優さんがいる。化粧品のCMに出たことがあるのだが、この方、肌が汚いので有名だ。カメラマンの人が言うには、

「整形し過ぎと、お酒の飲み過ぎで肌があんなにくすんでるんだ」

そうだ。しかし彼女の肌がババっちいなんて、いったい誰が知ろう。雑誌やポスターに出る時はものすごく修整してるし、テレビに出ている時はライトに気をつけ、厚いメイクをしているようだ。そんなことより何より彼女は、とても美しい目鼻立ちなのである。

「よく見りゃ肌がキレイっていうブサイクと、肌が汚くても美人」

この二つのどちらかを選べ、といえば女は百パーセント後者を選ぶのではないだろうか。特にメディアに出る女の人だったら、絶対的に後者が得ですね。私は常々、

「女はディティール」

と言って、髪やネイルに気をつかうよう心がけてきた（実践じゃないよ）。が、この頃、少し違うような気がする。

「女はディティールより、フォルム」

ではないかしら。この原稿、歌舞伎を観に行くついでにマガジンハウスの応接室で書いているのであるが、ホッシーは言う。

「僕は肌の汚い女って、絶対にイヤですね。特に大人のニキビっていうのに耐えられませんよ」

そこにたまたまテツオがやってきた。

「そんならよー、肌のキレイな○○○（女性編集者の実名）と、大人のニキビのある××（女優の実名）だったらどっちを選ぶ、え？・」

「そりゃあ、××です」

「だろー」

ふんぞりかえるテツオ。過去の栄光をエラそうに語る男だ。

「だいたいさー、あん時の暗闇の中でなんか、女の肌がどーのこーのなんて、細かいことなんか見てないんだから、美人ならいいの、美人なら」

「だけどさー、もしかすると暗闇の中で触ったのがサメ肌だったり、つかんだものが肉塊だったらどうするのよ」

と私。

「そんなよー、サメ肌の女とか、あんたみたいに肉塊だらけの女なんか、もともと暗闇の中に誘うわけねーだろ。ちょっと見りゃそんなのすぐにわかる」

だそうです。

昼間、アルコールも入っていないのに、私はこんな話をした。

「誰かのエッセイに、男の人のあの話が出ていたわ。手術であそこを大きくしたり、何かを埋め込む人って男の人には結構いるけど、女の人にはまずいないって。名器になるために手術する女って皆無なのよ。ブスで名器、あっちはよくないけどすごい美人、女の人はどっちかを選べ、って言われれば百パーセントの女は後者を選ぶらしいわ」

「それと肌の話とは、どう関係あるんだよー」

「だからさー、女って外に見えてる大まかなものが美しければそれでOKなんじゃないの。

下品な話ですけど、あっちが都合悪くても美人なら男の人はたいてい我慢してくれるんじゃないかしら。肌が汚くても美人だったら、メイクをうんと厚くすればいいんだし」

「なんだかよくわかんないけど、女は美人じゃなきゃ、何の価値もないよなー」

こんなことばっかり言っているので、この男は結婚出来ないのだとつくづく思う。

ところで歌舞伎は海老蔵を見た。女を殺す悪い役なのであるが、あまりの美しさにため息が出る私。こんな美しい男だったら、私は何だって許す。ところで、

「うんとハンサムだけどお金も頭脳もない男と、不細工だけどお金と頭脳はある男、どっちを選ぶ」

と問われて、男の人はどういう反応をするのだろうか。私は百パーセントどっちかへ行くということはなく、わりと分かれると思う。なぜなら男の人は、お金と頭脳があればいい人生がおくれる。美人だっていくらでも手に入る。そのことをみんな知っている。

女の方が美人でないと、生きるのがむずかしい。哲学的なことを考える秋であった。

そんなバナナ！

最近まるっきり服を買わなくなった。

なぜかというと、デブになり、服のサイズが変わったことと、そしてダイエットの最中だからである。

こういう時はすごく微妙で、デブのまま服を買いたくない、もうちょっと痩せたら買おう、という心理が働いている。そうかといって、二、三年前の服は全滅状態だからつらい。流行がはっきり表れるジャケットは毎年新しいものを着ているが、ま、スカートやインナーはかなり前のものも着る。しかし、ボトム類が悲惨な状態となっているのだ。パンツなんか、ファスナーが上がらないどころじゃない。脚が入らないんですよ、脚が！

今朝、サイズ31のパンツを発見。

「いったいい、こんな細いもん、誰が穿いていらしたんでしょう……」

と感慨にふける私である。

しかしこのたびのダイエットは失敗出来ない。なぜなら二年ぶりに行った人間ドックのお医者さんから注意されたのだ。

「二年前の体重に戻してくださいｏ 三ヶ月後にまた来てもらいますよ」

どのくらい減ったか調べるんだそうだ。

そんなわけで、加圧に加えて私が始めたのは、そお、朝バナナダイエット！

このあいだとても太った編集者の人がやってきた。水羊かんを出す私。遠慮する彼。

「これね、駒場の岬屋のなのよ。岸朝子さんが日本いちおいしい、っておっしゃった水羊かんよ。絶対に召しあがって」

後で聞いたら彼はダイエット中だったんだそうだ。私は心から謝った。

「ごめんなさい。私にも経験あるわ。ダイエット中に無理に甘いものとか高カロリーのタブーのもの食べさせられると、その人殺したくなるもん。本当にごめんね」

「いいえ、いいんです。これでも大分減りましたから」

と彼。

「朝、バナナ一本と水だけにしたんです。そうしたら、あれよ、あれよという間に一ヶ月に七キロ痩せました」

「へぇー、本当」

これが朝バナナダイエットを聞いた初めであった。その後、テレビで森公美子さんが始められて、ものすごく痩せたそうで、ますます話題になっている。

「朝、バナナを食べればいいだけなんてカンタンじゃん」

と最初は気軽に考えていた私であるが、とんでもない。ものすごくお腹が空くんだ、これが。

今までの私のダイエットは、夜は軽く、朝はどっさり、というやつだった。昨夜食べられなかったご飯もおかわりし、昨夜のおかずの残りもどっさり。

「朝は多少のことは大丈夫。そもそも私のような頭脳労働者には、甘いものが絶対に必要なの」

という考えのもと、貰いもんのお菓子もつまんだりする。とっても幸福な時間であった。そもそも早起きで朝の六時に起きている私である。お昼までの六時間、バナナ一本だけなんて本当につらい……。

しかも大変なことが起こった。この朝バナナダイエットが流行り出してからというもの、私の住む街からバナナが消えてしまったのである！

スーパーにもない。コンビニからも姿を消してしまった。朝行くとある時もあるらしいが、うまく時間が合わないのだ。

そんなことをこぼしたら、夫が言った。

「何やったって無駄。ふだん食い過ぎなんだよ、食い過ぎ！　太るのはあたり前なんだよ」

なんてイヤなことを言う男であろうか。しかしその夜、夫はスーパーでバナナを買ってきてくれたのである。ありがとうね。

そしてバナナを食べ始めた次の週から、私にとってのゴールデンウィークが開幕。そお、コンサートが続くのよ。郷ひろみさんにＳＭＡＰ！　まずは郷ひろみさんのコンサートへ行かなくっちゃ。

郷さんのステージを目のあたりにすると、本当に感動で胸がいっぱいになる。昔のままのカッコいい体型と顔を維持してるなんて、並たいていの努力じゃ出来ないことであろう。しかも厳しいボイストレーニングを自分に課しているから、声なんて若い時よりも出て、さらに深みを増しているのだ。この声で聞く「哀愁のカサブランカ」なんて、ホントに泣けますよ。

コンサート前に、新潮社の中瀬ゆかりさんと挨拶に行ったら、銀色の衣裳に身をつつんだ郷さんが私たちをハグしてくれた。あの郷ひろみが、抱き締めてくれたのよ……。

「だけど私たちって不利ですよね。ハグされてもお腹が出てるから、体が密着出来ません」

私と似たような体型の、中瀬さんが口惜し気に言った。そういえば昨年も郷さんのコンサートの帰り、あまりの素晴らしさに興奮し、ラーメンをすすりながら彼女はこう言ったわ。

「もし郷さんの前でハダカになるようなことがあったら、私は自害します」

その話をある男の人にしたら感動してた。

「やっぱりゆかりたん。なんて可愛いんだ！」

同じデブでも、あちらはテレビにもひっぱりだこの、超モテかわデブです。かないません。

恋っていいなァ

ＳＭＡＰのコンサートへ行き、大興奮のホリキさん、中井美穂ちゃん。そして私。ＳＭＡＰのコンサートは、アンコールを入れると十時近くになってしまう。懇親会もあり、なんだかんだで十一時。このまま家に帰り、何も食べずに寝たら私も痩せるんだけど、このまま帰るのはちょっと淋しい。

ＳＭＡＰを間近で見た感動と興奮を、やっぱりビールとお夜食とで静めなきゃね。

「私、すぐに予約するわ」

と、てきぱきホリキさん。

「神楽坂の和食屋さんと、赤坂の韓国料理屋さんとどっちがいい？」

「韓国料理！」

と私は叫んだ。実は私、エスニック料理が大好きなの。ついこのあいだも、モロッコ料理を食べたばっかり。一緒に食事をすることになっていた方が、

「一度も食べたことがないので、モロッコ料理店に行きたい」

と言ったからだ。この時はインターネットで調べて、神楽坂のうんと小さなお店に行った。豆の入ったサラダや、香辛料たっぷりの肉料理、あちらの安ワインが結構いけた。

そしてモロッコ料理も、メキシコ料理もいいけど、私のいちばん好きなのは韓国料理だ。野菜もたっぷり食べられるし、あの辛さがたまらないの。以前は新大久保にも時々行っていた。これは偏見かもしれないが、銀座の韓国料理というのは、なんか気がすすまない。すっごく高くて気取っているような気がする。やっぱり、新大久保か赤坂のコリアンタウンで食べなきゃね。

その夜、ホリキさんが連れていってくれたのは、赤坂の田町通りにあるお店。とても綺麗で個室もある。まずはお通しに「インカの宝」という新じゃがいもを甘辛く煮たのが出てきた。うっかり生ビールを頼みそうになったがじっと我慢。ウーロン茶をもらって、いろいろオーダーする。まずは私が大好きなチヂミ、春雨の炒めもの、蒸し豚、サンチュ、そして締めはサムゲタンという鶏を丸ごと煮込んだスープね。

「ハヤシさん、このご飯は脂肪と炭水化物がほとんどないから、この時間食べたって全然太りませんよ」

とホリキさんは言ったけど、家に帰ると十二時半。おまけにテーブルの上には、もらいもんの栗おこわが置いてあるじゃないの。なんておいしそうなの。ちょっとだけいただきましょ。と、ほんの三口。

そして朝になり、ヘルスメーターにのったらやっぱり増えてた。が、私は気を取り直し、いつものようにバナナとお水だけの朝食をとる。

「朝バナで恋バナ」

というキャッチフレーズをつくり、こつこつ頑張っているのに、ちっとも痩せないじゃないか。バナナを食べるのにも飽きてきたし、誰か早くなんとかしてくれー。

それがおとといのこと、私のパーソナル・トレーナーがこう言うではないか。

「私、いろんなダイエットをしてる人を見てきましたけど、まあ、うまくいった人はあんまりいませんね。みんなリバウンドしちゃうし」

そうなのよ、そうなのよと私。

「だけど私が見てて、いちばん効果的で早いのは恋をすることですよね。みるみる間に痩せて綺麗になってきます。あれは女性ホルモンのなせるわざでしょうね」

ということであった。そういえば私のごく近くにいる女のコが、かなりぽっちゃりしていたのであるが、恋愛を始めたとたん、みるみるうちにスマートになってきた。顔もちっちゃくなり、肌も綺麗に。

そしてその相手の男性も知っている。いつもむすっとしている若い男のコだ。この二人のことは周囲にバレバレなのに、当人たちはまだ気づかれていないと思っていて、そしらぬ顔でよく隣同士に座っている。

あれってすごくおかしい。数人並んでいても、その二人だけはっきりと区切られているのだ。どうにも否定出来ない、〝カップルオーラ〟が漂っている。

私のトシになると、まわりは不倫カップルばっかりなので、へんに屈折した空気しか出てこない。あるいはものすごくエロっぽい空気ですね。ところが見よ、若い二人からは素直でさわやかなカップルオーラが。見ていてとてもいい感じ。いいなァ、恋ってさあ。

デイトしていただけるだけでもありがたいと、私も某男性にメールする。

「ごぶさた。めっきり涼しくなりましたね。元気してますか？」

「おととい初フグに行きましたよ」

「いいなァ、私はまだです」

と目をウインクしている顔の絵文字もつけた。が、十日以上たつのに何の返事もない。いいもん、来週男友だちとアンコウ鍋食べに行くもん。不実なフグより、やさしいアンコウじゃん。

お大尽が行く！

京都を嫌いな女はいないと思うけれど、私は大人になるにつれ、好きな度合いを高めている。

若くてビンボーだった頃は、タクシーにも乗れずやたら歩いていた。京都の夏は死ぬほど暑く、すぐに喫茶店に入り「冷《レイ》コー」（アイスコーヒー）を飲んだから、結局は同じぐらいお金がかかったかもである。食べるもんも「何とか御膳」という観光客用の安っぽいもんばっかり。そんなわけで、京都にはいい思い出があまりない。

しかし大人になってからは、おいしいもんをどっちゃり。このあいだは〝食の帝王〟秋元康さんに某有名店でたらふくご馳走してもらった。このお店は京懐石と違って、おいしいものをどーんと出す。たとえば松茸はフライになって大皿にどっさり。ウニは箱ごと出て海苔を巻いて食べる。鴨ロースもマグロもすごい量。最後は天丼とカレーライスで締めくくりである。

「ひぇー、いくらおいしくても私、もうダメ……」

とついにギブアップする私を、秋元さんはうれしそうに見る。

「ハヤシさんも途中でダメか。○○さんはゴールまで行ったけどな」と有名人の名を挙げた。有名な女優さんだ。そんなに食べるくせに、あんなに痩せている美人を、私を本当に憎む。

さて今度の京都行きは、源氏物語をめぐっての公開対談である。私の友人は、抽選のハガキがあたって見にくるという。

「私、人生三回めの京都なんです。本当にうれしくって」

と、最新のＨａｎａｋｏＷＥＳＴの「京都特集号」を見て、本当にうれしそう。

もうご存知の方もいると思うが、私にはオヤジ趣味がある。若いコをあちこち連れていって、食べさせてあげたり、いろんな経験をさせてあげるのが大好き。自分で言うのもナンですけど、私の妹分になるコはすごく得すると思うよ。一流の有名人がいるところにも連れていってあげるしさ。

うちのハタケヤマはよく言う。

「そんなに親しくないコにも、どうしてそこまでするんですか」

「だってさ、慕ってくれるとついうれしくってさ」

その若い友人は、一度も舞妓ちゃんや芸妓さんを見たことがないという。だから私は、いきつけのお茶屋バーで見せてあげることにした。あとから来たコも入れると（これは友人の連れ）、舞妓ちゃんも入れて四人、芸妓さんは二人。どうだ、この太っ腹の私。

「ハヤシさん、私、親や友人に自慢します！」

と彼女は写メールを撮りまくる。

そしてみんなでカラオケに行き、午前一時半まで遊びまわった。

問題は次の日のランチである。彼女と、私のホテルで待ち合わせ、いろいろ検討する。HanakoWESTには、「京都の昼膳」特集が出ているけれど、昨日豪華な一流料亭で食べた私としては、ダイジェスト版ランチは気がすすまない。きっと似てるはず。

「そうだわ、軽く〝ひさご〟で親子丼を食べようよ。一度行ったことがあるけど、すっごくおいしかったわ」

しかしホテルのコンシェルジュに調べてもらったところ、昼は十二時からだって。東京と違って十一時半開店のお店は少ない。そこまで時間をつぶすのはナンだし、ひさごは行列も予想される。

「そうだわ、〝大市〟のすっぽんにしましょう」

このあいだ久しぶりに行ったところ、そのおいしさに感動した。店を出ても、体がしんからぽかぽかあったかいのだ。それどころか、次の日確実に肌が変わっていた。ファンデーションを塗ると、するりとすべっていくのである。

そんなわけで予約をとってもらい、さっそく出発。京都名物、大市のスッポンは創業三百年の老舗である。座敷がある方は百年ぐらいだというが、とにかく古い。お鍋も古くて、スッポンの味と滋養がこの鍋にしみこんでいる。

私の友人は座敷に通され、

「すごいですね、すごいですね」

　とあたりを見渡す。

「ま、まずは日本酒でも飲みましょうよ。昼だけどこのくらい飲んでもいいわよね」

　と大人の私は鷹揚に笑う。本当に太っ腹の私よね。言いたかないけど、ここのお値段相当すんのよ。わかってほしいわ。

「私、スッポン食べるの、これで二回めなんですよ」

　と彼女。

「初めて食べたのは、叶姉妹のディナーとトークの集いでした。そこでスッポンのスープが出たんですよ。まだマスコミでブレイクする前ですけど、そこでの恭子さんの美しかったこと。話も面白くて、私、すっごく感動したんです。美しさは根性と努力だって。私、あれを聞いて一生この人についていこうって思ったんです」

　あ、そう。慕っていたのは私だけじゃなかったのね。オヤジ心がたちまちしぼむ私であった。

ビミョウなおしゃれ

姪っ子が久しぶりに遊びにやってきた。

大学入学のため、今年上京してきた彼女は、兵庫の田舎で受験勉強ばかりしていたせいで、おしゃれというものを全く学んでいない。おまけに、そこに関西テイストが加わるので、もう悲惨なことになる。

髪をさっそくかなり明るい茶に染めたのであるが、あんな色、今どき流行ってないよ。化粧はまだしていないが、服装とあいまって、「場末のキャバ嬢みたい」という評判だ。

洋服はたいてい渋谷で買い、三千円以下だと。学生だから安いのを着るのはあたり前であるが、センスがないのが致命的である。

その日現れた格好を見て、私は思わずのけぞった。

グレーのツインニットはまだいい。赤のチェックの三段フレアミニもまだ許します。チェックは今年の流行だしね。だけど黒いタイツに、茶色のチェックの靴はひどいでしょう。それに持っているバッグのショッキングピンクのどぎつさときたら、もう目をおおわんばかり。

「とにかく、靴とバッグを黒にしなさいよ。私のをあげるから」

私は怒鳴り、すぐにクローゼットに走った。プラダスポーツのローヒールで、ストラップのすんごく可愛い靴が見つかった。幸いといってはナンだが、彼女も林家の血をひいて、すごい大足。私の靴がぴったりなのだ。

「バッグも黒よ。黒にしなさい」

バッグ棚を探したが、見つかる黒はバーキンとケリーばっかじゃん。こんなのお子ちゃまにあげられないワ。ドルチェ&ガッバーナの黒は買ったばかりでお気に入りだから、今のところあげられる黒は何もない。

そうだわ、何かのノベルティでもらったこの布のバッグにしよう。あのショッキングピンクより、なんぼかましである。

「○○ちゃん、見なさい。靴とバッグを黒に変えただけで、こんなにスッキリしたでしょ」

私はテレビの変身コーナーのスタイリストのように、おごそかに言う。そして昼どきおそば屋さんに行く途中、商店街のショーウインドウの前に立たせた。

「ほら、見て。黒タイツにちょっとヒールのある黒を履いたから、脚がこんなに長く見えるでしょう。それからスカートの赤チェックも生きてきたでしょう」

「ほんまや。東京のやり方は洗練されてるなァ」

「そりゃさ、関西の人は派手なものが好きだけど、東京に来たらちょっとひき算した方がいいよ。よくさ、アンアンなんかでチェックとチェックとか、強烈な色同士の組み合わせしてるけど、ああいうのはおしゃれ上級者だから出来ることだからね。あなたはやっちゃダメよ」

が、私も人にエラそうなことは言えない。最近、体重増加と全く反比例して、おしゃれ心が低下していく私である。あれとあれを組み合わせようと、頭の中で考えていても、それを実行出来ないこのつらさ。

一年ぶりに取り出した秋ものは、きつくなってるものが多い。

そんなわけで、私はここのところまたショッピングに精を出しているのだ。

その日もいっぱいお買物しながら、私はとても不安になる。もうじき大不況がやってくるというのに、こんなに洋服を買いまくっていいのだろうか。まわりを見わたしてみると、いるのは中国人観光客ばかりで日本人はいないではないか。

知り合いのファッション誌の人に聞いたところ、

「最近ブランド品はどこも厳しいみたいですよ。買ってくれるのは外国の人だということです」

そうか、いつまでも私みたいにたらたらと服を買い続ける人はあまりいないのね。

しかしショッピング意欲に火がついた私は、次の日も別のショップでお買物。すると私のサイズで、黒いレースのジャケットがあるではないか。とても可愛い。が、私が着たらちっとも可愛くない、というようなパターンですね。おまけにその日、クロスのチェーンをしていたので、どう見てもお葬式のおばさんなのである。

「そんなことありませんよ。黒のVのインナーと組み合わせてください。すっごくおしゃれですよ」

店員さんに言われたとおり着たら、一同シーン。やっぱりお葬式なのだ。

「いっそ白がいいんじゃないでしょうか。ノースリーブにして、透け感を強調するんですよ」

そうした。やっぱりお葬式だ。しかし彼女はめげなかった。

「タートルにしましょう。それも今年のグレーを」

こうして涙ぐましい店員さんとのコラボの結果、その黒レースのジャケットはお買上げとなった。だって、ここまでやってくれたら、買わないわけにはいきません。

この話にはオチがある。商品を渡してくれながら彼女はこう言ったのだ。

「このジャケット、黒いスカートで慶弔用に使えますからね」

昨日それを着てアンアンの撮影があった。パソコン画面見ると、なんかやっぱりビミョウです。

大食い美人

マガジンハウスが文庫部門を創ることになり、その第二弾に、そお、「美女に幸あり」が入っている。この連載をまとめたもの。もお、買ってくれたかしらん。表紙はマリコ画伯の描きおろしで、すっごくかわいいんだから。

そして小さな字で見逃していたけれど、この本のキャッチフレーズがすごい。

「国民的美人作家マリコ」

だって！　国民的美人作家、国民的美人作家よ。私はさっそくハタケヤマに命じた。

「これから、私のプロフィールに、この『国民的美人作家』っていうのを入れるからね。そう、そう、名刺にも刷っておこうかしらん」

「ハヤシさん、やめてください」

ハタケヤマはイヤーな顔をした。

「ハヤシさん、このあいだ手書きＰＯＰに『すっかり美人です』とか書いたでしょ。すごいわねぇ、とか言って、本屋で指さして笑ってる人がいましたよ」

冗談が通じない人って、本当にイヤだわ。

さて、私は最近お料理の本にトライしている。題して「マリコ・レシピ」。担当してくれているのは、ご存知ホッシーである。

このあいだから撮影、レシピづくりとすごく忙しい。

「え、あなたって料理したっけ？」

と聞く人がいるが、それはとても失礼な質問だ。こう見えても私、コルドン・ブルー仕込み。基礎科コースに通っていたのである。このところは忙しくて、お手伝いさんにつくってもらうことも多いけれども、週末は結構やる。それになんたって、その料理本の副タイトルは、

「たまに料理をする人の、うんとお金と時間がかかる料理」

っていうんだもん、どこからも文句は出ないはず。ローストビーフとか、キッシュとか、手間ひまがかかるもんばっかりです。

とはいうものの、一応週末を利用し、このところいろんな料理を確かめながらつくっている。まずは煮豚とローストビーフをつくった。

豚の三枚肉一キロを油で素揚げし、水の中にネギとショーガを入れて二時間煮る、それから調味料を入れて三時間ことこと……。そして出来上がった煮豚のおいしかったこと。脂がとろけるようであった。大量に出来たので、近所の奥さんにも分けてあげた。

「ハヤシさんって、こんなに忙しいのに、どうしてこんな手の込んだものが出来るの？」

って驚いてた。ふふふ。実は煮豚をつくっている間、ひたすら原稿書きをしていた私。煮豚も出来たが、連載小説一回分（原稿用紙二十五枚）も書いていた。私が煮込み料理が大好きなのはこんなところにある。お料理と仕事がいっぺんに完成するのだ。

土曜日は煮豚、そして日曜日はローストビーフを焼いた。ローストビーフに限らず、オーブンを使う時って、すごく幸せな気分になりませんか？

独身の女はまずオーブンを使わない。お菓子づくりが趣味、という人じゃない限り、まずオーブンを愛用することはないはず。持っている人も少ないのではなかろうか。そお、オーブンというのは、家族がいる幸せの証である。香味野菜をたっぷり入れ、ニンニクをさし込むのが私流。ローストビーフはその日のうちにホースラディッシュをいっぱいつけ、ワインと共にいただくのが最高においしいが、次の日にローストビーフサンドにするのもホントにおいしい。

なーんてことをしていたら、週末に体重が一キロはね上がった。この頃、必死で食事療法しても体重はまるっきり減らない。それなのにちょっと食べると、すぐに一キロ二キロはね上がる。なんか後退あるのみのダイエットって、すごく空しい。そんな私の心を逆撫でするようなことが書いてあった。カットサロンで読んだ女性誌の「いい女の条件」という記事である。その中のひとつに、

「いくら食べても太らない体を持っている」

だと。

確かにたまにそういう人がいる。美人でプロポーションもよく、ワイン大好きで詳しい。そしておいしくセンスいい料理を手早くつくる。だから何なのよ。そんなに何でも出来て楽しいか。太るリスクと戦いながらおいしいものを食べるからこそ楽しいじゃんと、国民的美人作家の私は思うのである。

そしてしつこいようだが、国民的美人作家の私は、今日は月に一度の頭蓋骨矯正へ出かけた。この矯正は大阪の女性が五年がかりで考案したものだという。

「ハヤシさん、私は長いことずうっと『大食いの痩せ美人』を観察した結果、すごいことを発見しました。いくら食べても痩せてる人は、首のうしろがくぼんでるんです！」

というわけで、私の首をひっぱったり押したりしてくれるのであるが、その痛いことといったら！　おまけに一時間で三万円もする。が、次は三時間コース八万円を何となく予約してしまった。「食べるが痩せる美人」をめざして。

さみしいケイタイ

このあいだ一年ぶりに、若い友人とランチをとることになった。

そうしたら彼女、会うなり何て言ったと思います？

「ハヤシさん、すっごくキレイになってどうしたの。肌なんかピカピカしてる」

彼女は化粧品のPRをしているので、そういうことには敏感なのだ。

「おホホホ、肌にはちょっと自信があるわね。最近じゃ、〝国民的美人作家〞なんて言われてるのよ」

すっかりうれしくなり、すっごく高いお鮨をおごってしまう私である。

しかしこのあいだは、うちのめされた。何にうちのめされたかというと、ロコツな差別にだ。

それは二ヶ月前のこと、あるパーティで、ある女優さんに会った。

「ハヤシさん、お久しぶりです」

彼女の方から声をかけてくれたのだ。この女優さんは、主演ではないが私の原作のドラ

マに出てくれたことがある。美しいだけでなく、品があって性格もいい、私の大好きな女優さんだ。私と仲のいい脚本家も、

「彼女は本当にいいコ。演技力もあって、あんだけの美人はちょっといないわ。だけどね、お嬢さまだから、どうしても主役をとってやるっていうガッツがイマイチかもしれない」

というこであった。私たち二人のおばさんは何とはなしに彼女のことを気にかけていて、

「うちのコに、ぜひ素敵なパートナーを」

と言い合っているのである。

そのパーティの時、一緒にいた男友だちが彼女を紹介しろと、しきりにつっつく。

「あ、この人、私の仲よしなの。すっごいお金持ちで、いつもワイン会にすっごいのを持ってきてくれるのよ」

などと言っている隙に、彼女をワイン会に誘う彼。

「仕事が入っていなかったら、うかがいます」

と控えめに答える彼女に、私は一生懸命メールでプッシュした。その甲斐あって恒例のワイン会に来てくれることになり、男たちは大喜びである。

当日、申しわけないかなぁと思ったが、適当なところがなかったので待ち合わせにスタバを指定した。時間より少し前に現れる彼女。雨の日だったので、トレンチコートを着て傘を持っている。なんと電車で来たというからびっくりだ。

「女優さんが電車に乗ったりしていいの？」

と思わず聞いてしまう。

そしてそこからタクシーに乗り、住宅地のマンションへ。そこの一室に隠れ家のようなフレンチレストランがあるのだ。

美女が入っていくと、男たちはいっせいに立ち上がるのね、ということも私は初めて知ったわ。そして女優さんがトレンチコートを脱ぐと、おお、黒いノースリーブワンピース。

「美女は秋でも冬でもノースリーブ」

というのは、山本モナの最初の路チュー写真以来、私が得た真実である。黒いワンピースに上品なパール、アップの髪もとっても素敵で、「ティファニーで朝食を」のオードリー・ヘップバーンを思いうかべてほしい。

そしてシャンパンが抜かれ、八人で楽しい夕食が始まった。私の横にいた、さるところの御曹司、正真正銘のセレブが、かなりうわずっているのがわかる。どーでもいいような過去の女性の話をペラペラ喋り始めた。それを微笑みながら聞く美女。そう、聞き役に徹する美女って、なんてエレガントなんだろう。私も見惚れるほどである。

そして食事がひととおり終わり、デザートが出た頃、彼はこう言うではないか。

「さあ、そろそろみんな、メルアド交換の時間としましょう」

なんて見え透いてるの！　と私は思わずツッコミたくなった。なぜならこのワイン会はもう八年以上続いていて、みんなよーく知っている仲なのだ。合コンじゃあるまいし、どうして今さらメルアドが必要なのであろうか。

そしてある事実に気づいた。そうよ、私は彼とケイタイの番号は教え合っているけれど、メルアドは一度も聞かれたことがなかった。別にひがんでいるわけじゃないけれど、ここまでロコツにやられると呆然としてしまいますね。

そういえば、このあいだみなで飲んでいる時、人妻ではあるが二人の美人が同席した。そうしたら、昔からの私の知り合いがケイタイを取り出したのだ。彼女たちに言う。

「一応、番号を教えといてくださいよ」

「あ、私も」

と言いかけてやめた。こういうのって、すごくみじめだと思いませんか？

さらに二ヶ月前、アンアン元編集長のオイカワ氏が、某二枚目俳優と会わせてくれるというので、女友だち三人と共に食事した。その中でとびきりの美人が、無邪気に言った。

「ケイタイとメルアド教えてくださいよ」

私には出来ない……。そんなだいそれたことは出来ない。が、やさしいオイカワ氏は、

「ハヤシさんにも転送しとくよ」

と、後で彼の番号を教えてくれた。でも一度もメールをしていない。いつもケイタイによって、心さみしくなる私である。

不倫シンデレラ

紅葉を見るために、某観光地にドライブ旅行に出かけた。

が、連休のうえに急に思い立ったので、なかなか宿がとれない。

まず一泊めは、国民宿舎に泊まった。とてもリーズナブルなところですね。朝も夜もバイキングで、ちょっと遅めに行ったらカレーが汁しかなかった。が、意外といっては失礼だが、揚げたてのキノコやサツマイモの天ぷらが結構おいしかったです。

私はこの頃、テレビに極力出ないようにしているので、たいていの場合、気づかれるようなことはない。温泉の大浴場だって、もちろんばんばん入る。こういう時のコツは、すぐに髪を濡らすこと。べったり濡れた髪は顔の個性を消してくれる。

この国民宿舎、来ているのは家族連れか、年金で来ているらしいお年寄りのグループだ。おばあさんが五人、とても楽しそうにお湯につかっている。ものすごい訛《なま》りがあり、わりと方言に詳しい私も、どこの人たちか全く見当がつかなかった。

ゆっくりと露天風呂にも入り、さぁ、出ようと脱衣場に向かったら、さっきのおばあさ

んたちがまだお喋りしているではないか。それもロッカーの前に椅子を並べて陣どってるの。

いくら相手がおばあさんといっても、すっ裸でその前に立つというのは、かなり抵抗がある。が、いくらデ腹でぜい肉がついているといっても、まだ私の裸は、このおばあさんたちよりマシなはずと、胸を張って歩くことにする。ま、比べるものがあまりにもナンですけれども……。

さて次の日は、最近マスコミにやたら出てくる某高級温泉ホテル。川沿いにスイートの離れが建っている。

「なんちゃってアマン」

という悪口を聞いたことがあるが、なかなか素敵な建物だ。なにしろ国民宿舎から来た身としては、目もくらむような贅沢さ。従業員が丁寧に、レセプションルームから、車で各お部屋に送ってくれるのである。

こちらは金持ちそうな家族連れや年配の夫婦が多いが、目立つのは何といっても不倫カップルですね。中年の男性と若い女のコという組み合わせは、誰が見てもそうだとわかる。

「私、一度でいいからあのホテルに泊まってみたいの。お願い」

と、女のコがおねだりしたに違いない。こういう時、女のコのファッションは、絶対にパンツじゃないから面白い。若い女のコの三人グループも来ていたが、こちらはダウンジャケットにジーンズといういでたちだ。とてもおしゃれにコーディネイトしているが、いかにも「女同士で来た」という感じ。

しかし、不倫カップルの女のコは、ふわっとしたスカートにブーツ。ノーカラーの厚手のジャケットが、カジュアル感を出しているが、あくまでも女のコっぽいスイート感は忘れません。バブルの時は、よーく見ていた光景だが、今もちゃんと存在しているんだなあ。

私はこういう経験を必ずしも否定するものではない。若い時に自分の魅力でおじさんをひき寄せ、その年齢では考えられない贅沢を次々と味わう。まあ、ちょっとしたプチシンデレラであろうか。

が、このシンデレラは、時として帰る時間を忘れてしまう。ある時私は、街で一組のカップルを見て、ひぃーっと身を隠した。二十年前からよく知っている不倫カップルなのだ。あの時は中年男性と若い女性の組み合わせであったが、今では老年男性と中年女性になっているではないか。すごく綺麗な女性だったのに、老けてやつれていた。純愛といえないこともないだろうが、こういうのは決してお勧め出来ない。ま、この頃の若い人は頭がよくて、ちゃんと引きぎわを心得ている。その時が来たら、さっさと独身の男性と結婚するケースを、私は何組も知っている。が、気をつけなければいけないのは、彼女自身も気づかない不倫臭である。

以前ニューヨークのフォーシーズンズホテルに泊まっていたら、日本から電話があった。

「私も前にそこのスイートに泊まったんですよ」

仕事関係の女性は言う。このコは何気ない会話の中に、

「京都の俵屋が」

「熱海の蓬萊が」

「箱根の強羅花壇が」

と、やたら超高級旅館の名が出てきて、私はピンときたのである。とても二十代の女のコが行くところではない。不倫臭がパッとにおうのは、こういう高級宿に泊まったことを口にした時だと私は思う。

しかし若い時にそんなことしない方がいい、国民宿舎に泊まった方が……なんて私は思わない。

おいしい食事に、ふわふわの羽毛布団。なにからなにまで贅を尽くした高級旅館で、男の人にたっぷり愛される、というのも綺麗な若い女のコの特権かも。若い頃そういうことのなかった私は、すんごく羨ましい。が、出来たら、不倫が終わった後も、金持ちオヤジがいなくなった後も、自分の力で泊まれる人になってねと、ついいらぬお節介をやいてしまうのである。

美は真を助ける

恥をかきかき中村座

デブになると、いろいろとつらいことが起こるものです。

ふつうの人からは考えられないようなことが、日々私を襲うのである。昨日のこと、黒のタイツをはこうとしたら、股のところに大きな穴が開いている。私の場合よくあること。40デニールぐらいの厚さだと、股ずれによってここから破れていくんですね。

「だけど、誰も見るわけじゃなし」

もう一回のご奉公と強引にはいた。はいた時、私の太ももの肉によって、穴はますます大きくなったと思っていただきたい。

その時、一瞬であるが、イヤーな予感がよぎったのである。そして朝のそういう予感というのは、おうおうにしてあたるものだ、ということを私は後で知った。

今日の私のファッションは、プラダで統一してある。グレイのニットに、今年流行の黒レースのジャケット、そしてふんわりとしたフレアスカート。すんごく可愛い組み合わせであるが、私の場合ますますデブに見える。よって黒い革コートを着た。そして首には巻

きもん。年をとってくるといいことがひとつあって、流行もんのアイテムを見ると、たいてい持っている。五、六年前に買ったパープルのカシミアロングスカーフ。これを首にマキマキすると、お、ぐっといい感じ。そして足元は大好きなヒョウ柄のツイードシューズで、私は銀座線に乗る。どこへ行くかというと、終点の浅草まで行くのだ。勘三郎さんの平成中村座の劇場が浅草寺の裏手に出来、「法界坊」が大変な人気になっている。この中村座のチケットは以前から入手困難で有名であったが、今回も超プラチナシート。なにしろニューヨークで大成功した舞台の再演なのだ。

お芝居好きの中井美穂ちゃんと、劇場前で待ち合わせしている。どれ、早めに行って仲見世でも見ようかしらん。あたりは外国人観光客と地方から来たらしい日本人観光客。ふふ、やっぱりこの中に混じると、私ってダントツにおしゃれ。そうよねー、浅草でプラダでまとめてる人って、ちょっといないかもね。

すっかりいい気分になった私は、浅草寺におまいりし、おさい銭箱に百円ほうり投げる。このあたりから、ぱらぱらとおしゃれな若い女性が目につくようになった。そう、こういうコたちは、中村座に向かっているのだ。

仮設劇場は超満員。私はこういう時、まずトイレへ急ぐ。すごい行列になるのを知っているからだ。案の定、トイレから玄関まで、長ーい列が続いていた。しかしさすがは中村座、トイレの行列中もTDL式にエンターテインメントを楽しめるようにしているのである。若い女性が実に手際よくさばきながら、面白い解説を言う。

「みなさーん、開幕までに必ず入れますから、あせらないでください。ここで体力を使わないでくださーい。体力を使うのは、中で拍手をする時だけでいいですからね」

どっと笑いが起こる。

「みなさーん、鏡の前でお化粧直ししないでくださいね。あれはナンチャッテ鏡で映らないんです。私たち、初日からトイレの行列の記録を七分半縮めています。みなさんは、私たちに任せて、素直にご協力くだされば、開幕までに必ず間に合いますよー」

入り方もとてもシステマティック。入り口が四ヶ所あるのだが、そこにはスリッパが置かれていた。使用する人はスリッパをはいて中に入り、出てくると脱ぐ。スリッパはすべての目印となり、スリッパが一個出現すると、並んでいる人はそれをめがけて四ヶ所の入り口に振り分けられるのだ。なにしろ観に来ている客の九割は女性だから、こういう風に指導してくれないと、とてもじゃないが間に合わないだろう。

いよいよ私の番だ。先頭に立っていると、二番の入り口で女性がスリッパを脱いだ。それ、とばかりすぐにはいて、いくつか並んでいる個室のひとつに入る。とにかく早くすませて、次の人に譲らなくちゃと、すぐに終え、パッと手を洗う。ナンチャッテというのは嘘でふつうの鏡だったが、ほとんど見ず、手を洗うひまもあればこそ、ハンカチで手を拭き拭きスリッパを脱ぎ、すぐ後の人に譲る。そして廊下を小走りに立ち去ろうとした時、

「お客さま〜」

誘導の女性がとんでくるではないか。

「スカートがめくれてまーす」

彼女はすばやくかがんで、私のスカートを直してくれた。かなり上まで上がっていた。あまりにも急いでいたので、いつものチェックが出来なかったのである。

後で別のトイレでチェックしたところ、フレアスカートは固い生地で、かなりよくめくれる。そしてちょっとめくれると、私の股から太ももにかけての大きな穴はしっかりと見ることが出来る。そりゃ、あわてててとんでくるわけだ。ああー、恥ずかしい。デブになると、日々恥をかくことばかりである。

友人に言ったら、

「新手のガーターに見えたと思うよ」

と言うが、そんなことあるわけないでしょ。デブのみに起こる災難のひとつです。

お弁当が紡ぐ愛

バナナダイエットを始めてはや二ヶ月になろうとしている。が、私の体重はぴくりとも動かない。

「そーよね。朝食は一日のエネルギーの源。たっぷり食べても大丈夫のはずよね」

と勝手な理由をつけ、バナナを食べた後、新米のご飯を一杯と、もらいもんのお菓子を食べる私である。この調子で、昼も夜もだらだら食べてしまう。

私は決心した。

「私は大人で、頭もそう悪くないはず。理論でダイエットをやるべきではないだろうか」

朝バナナがなぜいいか。テレビでの聞き齧《かじ》りではなく、ちゃんと本で調べてみよう。そんなわけで私は本屋に行き、生まれて初めて「壮快」という雑誌を買った。「驚異の朝バナナダイエット特集」という記事を見たからだ。そこには科学的に、こと詳しく朝、バナナを食べる効用が書かれていた。私は熟読した。そして初めて納得したのである。

文章というのはなんてすごい力を持っているんだろうか。「壮快」を読んだ次の日から、

私は午前中、バナナ一本で我慢出来るようになったのである。ついでに、「象のようなお通じが出る快便ヨガ」という記事も活用している。小顔になる「顔つまみ」ＤＶＤもついて、これで六百三十円なんて、すっごく安いのではないだろうか。

そして朝バナナついでに、私は禁酒、禁甘、禁炭水化物も始めることにした。昼と夜の主食、デザートなしを徹底するのである。

お酒もワインをちょびっとにする。オペラの後も、仲間との夜食を断り、ひとりうちに帰って、夕飯のおかずの残りをつついたりする。その甲斐あって、体重がやっと下降線をたどり始めた。会う人ごとに「痩せた、痩せた」と言われる嬉しさに、さらに張り切る。そう、「国民的美人作家」の私は、みんなのために美しくあらねばならない。

昨夜は「カンテサンス」で食事だったが、かなりコントロールしたと思う。今年（二〇〇八年）もミシュランで三ツ星をとったカンテサンスは、相変わらずの人気店。予約を取るのを諦めていたら、友人が個室をとってくれたのである。ここは料理に合わせて、皿ごとにワインを出してくれる。前に来た時は一皿ごとにグラスでぐいぐい飲んでいたのであるが、少しずつ七皿ぐらい出てくるからすごい量だ。

今回、私はソムリエの人にお願いした。

「加圧トレーニングしてきたばっかりで、すごくお酒がまわるので、うんと少しついでください ね」

おいしいおいしいデザートも、全部は食べなかった。みよ、この努力。朝量ったら五百グラム減っていた。神さまに感謝した。

「私の努力を認めてくださって、ありがとうございます」

しかし今日は、これからワインのイベントがある。ヌーボー解禁をお祝いするパーティでトークショーをするのだ。ヌーボーといってもボジョレー・ヌーボーではない。故郷山梨ワインを応援するために出かけるのである。その後、友だちのうちでボジョレー・ヌーボーのパーティがあって誘われているのだ。

「フランスと日本の若いイケメン揃えて、ワインも名門のヌーボーがあるから来てね」

とメールがあって、心そそられる。が、そういうところに行くと、つい飲み過ぎてしまうし、イベントが終わったら、まっすぐ家に帰ろうかなと、心は千々に乱れるのである。

ところで、うちの夫のお腹がこの頃出てきた。私が言うのはナンであるが、昔からハンサムと言われ続けてきた夫である。性格が気むずかしく、ものすごいワガママ。あれがデブやハゲだったら、とっくに別れていたと思うが、

「おたくのご主人、背が高くてすらっとしててカッコいい」

と、まあ、まわりの人が言ってくれるので、なんとか耐えてきた私だ。が、デバラになったら、それこそ結婚生活の危機である。

流行りもんに弱い私は、お弁当をつくろうと決心する。さっそく「東急ハンズ」へ行き、うるし調の高級お弁当箱を買ってきた。そしてこのところ毎日、夫のお弁当をつくってい

るのだ。

大人のお弁当は、彩りを考えたり、可愛い飾りをする必要もなく、昨夜の残りものを入れてもOK。もちろんどれもあっためますけどね。そして必ず野菜をたっぷり入れる。

私のお弁当を夫はそりゃー喜ぶようになった。ついでに夜、ドゥ・ラ・メールを使って彼の顔をマッサージしてあげる。

「やめろよ、冷たいー。気持ち悪いー」

と言いながら、まんざらでもなさそう。お弁当とマッサージの副産物はあって、この頃夫は私の夜遊びにあんまり文句を言わないようになった。やっぱり食べ物は大切ね！

泣きのススメ

「ハヤシさん、ついに結婚が決まりました。披露パーティにはぜひいらしてくださいね。ウエディングドレスも発注中！」

喜びいっぱいのメールを、親しい女性編集者からもらった。この頃、私のまわりで、ものすごく結婚、出産が多くてびっくりする。ついこのあいだまで、女性編集者とか、プレス、といわれるキャリアウーマンたちは結婚しない人が多かった。特に高学歴、高収入の見本みたいな女性編集者はプライドも高く、なかなか縁に恵まれない。案外知り合うチャンスも少なくて、

「ずーっとつき合ってるんですけど、売れないフリーのカメラマンなんで」

「三流大学出の編プロ勤務なんですよ」

なんて話をよく聞いたものである。ところがこの頃はそんなことはない。相手がたとえビンボーで、仕事も収入もイマイチ、という場合でもみんな屈託なく結婚していく。

「私が働いている限りはなんとかなりますから」

と頼もしい限りだ。

私はまわりの多くの女性たちを見ていて、やはり幸せ、不幸せになるのは自分の心がけ次第だと思わずにはいられない。

A子ちゃんは同じ会社のB子ちゃんの悪口をいつも言っていた。

「ブスで仕事も出来ない女なんですよ。私がいろいろ教えてあげなきゃいけないんです」

しかしB子ちゃんは冒頭にあるように幸せな結婚をするらしい。恋人が出来てからは、どんどん綺麗になっている。が、A子ちゃんの方は転職を繰り返し、いつも会うと人の悪口とグチばかりである。そりゃA子ちゃんの方がはるかに美人であるが、最近は険のある顔になって、老けも早いような気がする。いつも男性のアラ探しばかりしているうちに、三十代後半になってしまったようだ。

そして私は思う。可愛気とはなんであろうか。それは自分も謙虚になり、弱みをさりげなく見せることが出来るかどうかにかかっていると思う。

このエッセイにもよく出てくる魔性の女C子さんと久しぶりに会ったのは先週のこと。相変わらずキレイだが、どこか疲れた様子である。彼女は脚本家なのであるが、今やっているドラマが思いどおりの数字をとれず、とてもつらいそうだ。

「脚本家って、数字がとれないと眠らせてもらえないの。いつも局から呼び出しがあって、脚本の書き直しをさせられるの。身も心もボロボロになるのよ……」

と言って彼女が帰った後、男の人たちが騒ぎ出した。

「すごく疲れていたみたいだけど大丈夫だろうか」

「どうやって慰めたらいいんだろ」

彼女の場合、グチというのとも違う。刹那《せつな》的につぶやくように言うのであるが、それがたまらんぐらいソソるらしい。売れない人ではなく、大人気脚本家の地位があるからこそ、こういう弱音が効くようだ。私も彼女のことが心配になり、ずーっとメールで励ましたりした。そしていつのまにか彼女のことばかり考えるようになった。私が男だったらタダではすまなかったであろう。

先日のこと、某お鮨屋のカウンターで、D子さんのことが話題になった。彼女は編集者で超美人、業界きってのデキる女である。そのうち、板前さん（独身）が言った。

「D子さん、うちにもよくお見えになります。ひとりでちょっと召し上がるんですが、時時疲れているらしく、カウンターで寝ちゃうことがあるんですよ」

私はその口調で、この人、D子さんのことが好きで好きでたまらないなァとすぐにわかった。そうしたら連れの男性も言う。

「そうなんだ。あの人、飲んでいてもバーのカウンターで寝ちゃうことがあるんだ。本当に疲れてててかわいそうだなァと思うよ」

口では言わないけれど、態度で弱みを見せるタイプなのだ。

ところでこの頃、女のコってあまり泣かなくなったような気がして仕方ない。終電が近づく駅の片隅で、あるいは街角で、男のコと女のコとが深刻そうな話をしている。昔だったらああいう時、女のコは泣いたもんだ。私もよくやりました……。しかし最近の女のコは、じっと男のコを睨《にら》んで強い調子で何か言ってる。どうして泣かないんだと、せっついてやりたくなる私だ。

「涙は女の武器」

なんていうのは昔の話で、みっともないことをしたくないという気持ちはわかる。が、男と女のことに、理路整然とした言葉を持ち込んじゃいけない。女の方がずっと頭がよく、ボキャブラリィが豊かだ。男の方はひとたまりもないはずだ。

まずいぞ、と思ったらとにかく泣く。涙を流しながら男を見上げる。これですよ。人前で泣かれると困る、と男の人はよく言うけれど、たまにはちょっと何かしてやらなきゃね。このあいだ駅のホームで、黒いコートをキリリと着た大人の女性が男の人の前で泣いていたけど、結構絵になる光景であった。

さて私の弱みは、ちっとも痩せない、というすぐにわかるものなので、これで男の人をひきつけることはまずない。

恋愛格差社会

古い読者にはおなじみの、マガジンハウスのテツオが、今度私の担当になった。書籍部門で私の本をつくってくれることになったのだ。

メールでそのことを知った私は、さっそく返事をした。

「うれしい！　私たちの愛が復活するのね」

これはいたく彼を喜ばせたらしく、

「近々、二人で復活祭をやろうぜ。鮨でも食おうよ」

一緒に仕事をするのは十年ぶりぐらいであろうか。私が結婚したために ずっと独身をとおしている（!?）テツオは、今じゃおしゃれな中年オヤジ。オダギリジョーよりもずっと前からたくわえていた、トレードマークの無精ヒゲにも年季が入ってます。

そう、テツオとの復活愛のために一肌脱ごうかしらん。私のセミヌード写真集というテもあるが、そんなものを買う人がいるわけはない。ま、私の場合売れるとしたら、レオタード姿公開の実験的ダイエット本であろう。ちゃんと痩せたらそこそこは売れるはず。で

もそれだけはしたくないし……。

ともかく、今発売中の本をしっかり売ろうとサイン会に出かけた私。今回からテツオもついてきてくれる。始まる前からいっぱい並んでくれるありがたいお客さんたち。お花やお菓子もたくさんくださって、本当にありがとうねー。秋田から来た方は、今日の飛行機に乗ってきたそうだ。私の大好きな「金萬」の大箱をくださった。これは終わった後、マガジンハウスの人々はじめ、本屋の店員さんなど大勢でいただきました。ありがとうね。

さて、美人が多いことで知られる私の読者。中でもひときわ目立ったのは、某ファッションブランドのグループ。PRのみなさん総出で来てくださったそうだが、やはりおしゃれが際立っている。

そしてなぜかめちゃくちゃ可愛い女のコたちが並んでいた。

「あー、ノゾミちゃんじゃないの」

彼女は昨年（二〇〇七年）の美女入門五百回記念タイツアーに参加してくれた女のコ。確か名門S女子大だったわ。

「そうです。私たちみんなS女子大なんです」

さすがお嬢さま大学として、合コン人気ナンバーワンだけのことはある。ひとりひとりがお洋服も髪型も可愛い、顔も可愛い、スタイルもいい。お嬢さんっぽい品もある。あのテツオでさえ、

「キレイじゃん、可愛いじゃん。来てよかった」

と感動していた。私も彼女たちを見ていて、

「うーん、やっぱり女子大っていいかも」

と思ったひとりである。私が高校の頃、日本女子大、東京女子大、津田塾、といったところは女のコの憧れであった。お茶の水や奈良女子大といった国立もあるが、ああいう名門私立は、優秀な女のコが行くところとされ、出たらうんとちやほやされたものだ。それとは別の流れでお嬢さま大学もあり、ここを下からエスカレーター式に行くと、もっとちやほやされたものである。

ところがこの何年かで世の中が変わり、女子大の人気はかなり下落気味だという。聖心、フェリス、白百合といったお嬢さま学校も、高校からは外へ出ていく人が増えたそうだ。現に私の担当編集者も「フェリス→東大」というコースを選んでいる。しかしサイン会に来てくれたお嬢さまたちの華やかで可愛いこと。私は思う。いったいいつから、女のコたちはこんなにいろんなことを要求されるようになったんだろうか。

私は外資に勤める女のコ、っていうより女性を何人か知っているが、みんなすごいなんてもんじゃない。東大卒のバイリンガル、どこか外国の大学のMBAをとっていて、おまけにモデルみたいな外見。ドルガバの黒いスーツを何気に着て、バーキンの大型を持ち歩いている。こういうスーパーウーマンが前面に出てくると、他の女のコは萎縮してしまうであろう。

いやあ、ああいう人たちはああいう人たちとして、ノゾミちゃんたちは楽しく毎日をお

くっているのであろう。なぜならば、男の人がいちばん好きなのは、自分たちのタイプだということを知っているに違いないからだ。

実はこの頃、男と女の組み合わせがやたら気になる。来年から下流社会をテーマにした小説を書くからだ。『下流社会』という本によると、下流の女のコは決して上流のエリートと出会えないそうだ。世の中がそういうシステムになっているそうである。格差社会となった今、男女は同じ階層の中でしか出会えない。つい先日、男性担当者と会ったら結婚したそうだ。相手はファッションブランドのプレスだって。マガジンハウスの編集者と、CA出身のプレスだなんて、ナイスマッチングでおしゃれ過ぎる。ドラマに出てくる夫婦みたいだぞ。ノゾミちゃんたちも、きっと自分にふさわしい男性を選ぶのであろう。今は外見からほとんどのことがわかってしまう。ビンボーたらしいファッションの女のコにはビンボーな男しか寄ってこない。格差社会は大変です。

色と欲フォーエバー

明けましておめでとうございます。

さて昨年末の話で恐縮であるが、いつもの仲間と京都へ一泊旅行に行った。もう紅葉には遅いけれども、食べて飲むのが目的だからどうってことはない。

幹事の私が予約したところは、下京区の「ます多」。いま大人気でなかなか予約が取れないところだ。ここは美食の殿堂という言葉がぴったりで、おいしいものがこれでもか、これでもかとすごい量出る。割烹のワクを越えた料理はどれもすごい。

初めて秋元康さんに連れていってもらった時は、鴨のワイン煮、松茸の天ぷらといったものが次々と山盛りで出てきた。

私たちが行った時はちょうど蟹の季節だったので、最高のコウバコ蟹が山盛りになって出てきた。それからフグ刺しに、アンキモにその他盛りだくさん。私は東京からワインを三本送っておいたので、それも次々と空ける。もうお酒と美食で宴は最高潮。ホントに大人でよかったと思う時間ですね。

さてここの締めは、めちゃくちゃおいしいシーフードカレーなのであるが、ご主人が言う。

「カニチャーハンをつくったので、その上にかけてください」

それがおいしいのはもちろんであるが、ひとりが言った。

「やっぱり白いご飯ももらえる？」

それがいい、それがいいと、白いご飯をおかわりする私たち。ああ幸せ……。私は本気でつぶやく。

「私、もう色も欲もないの。おいしいものだけ食べられればそれでいいの……」

昔のＢＦに連絡して、たまには食事でもしようかなと思うのであるが、デブのまま会いたくない。あと五キロ痩せたら会おうと思っている間に、ずるずると半年がたってしまった。でも、もういいの。私はもう食べること一筋に行くのよ。

そしておととい、また親しい仲間と某有名料理店へ。すんごいお金持ちがメンバーで、シャンパンとヴィンテージワインを持ち込んでくれる。おまけに、

「ハヤシさんのために、いいワインの他にイケメンも持ち込みましたよ」

なるほどなかなかの美形。しかも苗字を聞けばすぐにどこのお坊ちゃまとわかる方であった。が、若すぎてカッコよすぎて、私と何の関係がありましょう。食べることに専念する。

そこでも私はガツガツと食べ、ものすごい量のワインを飲んだ。そうしたら家に帰って

から、ものすごい下痢と吐き気が始まった。どうも風邪のところに暴飲暴食がたたったらしい。

二日間ほとんど食べずうんうんうなっていた。何か食べようとするのだが、食べ物を前にするとオエーッと吐き気が。

そして、

「これだけ苦しんだんだから」

と、うんと期待してヘルスメーターにのったら、なんと一・五キロ減ってるではないか。何をしても痩せなかったのに、食べずに下痢をしたらこんなにあっけなく体重が落ちるものなのね……。

そうはいっても、喜んでばかりはいられない。私ら物書きにとっては、年末進行という一年でいちばん苦しくつらい時期に入っている。印刷所が休みになるため、〆切りがぐっと早くなっているのだ。おまけにほぼ一日おきに対談が入ってるし、なんとかして今日中に体調を取り戻さなくては。そこへ宝石屋さんがやってきた。私が以前買っていた有名宝石店の人が独立して、小さな工房を開いたのだ。といっても、あまりジュエリーに興味がない私は、ごくたまーに安いリングやチェーンを買うぐらい。が、あまりにもひんぱんに来てくれて何だか申しわけないので、先日プラチナのデザインリングを一個買ったばかり。今日はそのサイズを確かめに来てくれたんだと。

ところが驚くことが起こった。リングをはめたところゆるゆる、なんてもんじゃない。

スポッと抜けてしまうのである。

「ハヤシさん、痩せたんで指が細くなったんですね。ツーサイズ下じゃなきゃダメですよ」

嬉しいなんてもんじゃない。実はこの二、三年太ったために、以前買っておいたカルティエやフレッドのおしゃれなリングがまるっきり入らなくなってしまっていたからだ。きつくなっていたごっついタイプの貴石のリングを後で試しにはめたら、すうっと入るではないか。痩せるってこういうことなのね。そうね、おしゃれになることなのね。この喜びを相手は見逃さない。

「これ、ハヤシさんにどうかと思って持ってきました。クリスマス特別価格で、ハヤシさんだからこその値段にしました」

と見せてくれたのは、ハート型に小さなダイヤがいっぱいついたネックレス。すごく可愛いデザインだ。タートルのニットにも合うカジュアルな感じが素敵。

「だけど値段が……やっぱり考えさせて」

といったんひきとってもらったものの、ダイヤを身につけた高揚感は残っていたらしい。なんと私はその瞬間、元気を取り戻していたのだ。おそるべしダイヤパワー！　やっぱり買おうかしら。女は色と欲を捨ててはいけないと実感した。

よーく考えよー裸は大事だよー

国民的美人作家と呼ばれる私は、当然のことながら美容のためにはお金と手間を惜しまない。

「あれがいい」

という噂を聞くとすぐに飛びつく。久しぶりに会った男友だちが痩せているのにびっくりした。十キロ体重を落としたそうだ。

「やっぱり減量は、お医者に頼るのがいちばんだね」

彼はお金持ちなので、肥満専門のお医者さんを見つけ、そこで月に四十万払っているそうだ。いろんなサプリメントを飲むよう指導されているという。

「ハヤシさんにも紹介してあげるから行ってきなよ」

と言われたが、このような大金を毎月払うなんて出来るわけがない。

この頃私が凝っているのは、前にもお話しした頭蓋骨矯正である。これも高いです。三時間たっぷりやってもらうので、かなりのお値段だ。おまけにエステティシャンの人が、毎月一回、大阪から上京してくるので、新幹線代やホテル代もプラスされている。私のケ

チな友人が、

「この不景気な時代に、この料金はないんじゃない？」

とかけ合ってくれ、かなりお安くなった。

この頭蓋骨矯正、最初は我慢出来ないほど痛かったが、二回、三回続けるにつれ、それほどでもなくなった。

「ハヤシさんの筋肉が、正常な位置にき始めたんですよ」

ということであった。そして彼女は言う。

「ハヤシさん、記録のために写真撮らせてくださいね」

断る間もなく、紙パンツを一枚はいた後ろ姿と、顔のアップの写真を撮られた。これを何度か撮って、どういう風にお肉が落ちていくか確認するそうだ。

さて、エステティシャンの彼女は、ちゃきちゃきの大阪っ子。頭がよくて面白くて、あけっぴろげの典型的な大阪の女のコである。彼女が語ってくれる、ボーイフレンドとのドラマの面白いこと。プライバシーのことがあるので詳しいことは書けませんが、私は痛みとおかしさとで、いつもヒイヒイ言っているのだ。

が、彼女の人脈の広さや裏話の面白さに、私は急に不安になってきた。

「ちょっと、私のヌード写真、まさか流出したりしないわよねー」

「そんなこと絶対にありません。パソコンは私だけしか開きません」

それで少し安心したのであるが、後日、そのデジカメ写真が送られてきた。仕事熱心な

彼女は、私のヌード写真に、

「背筋のここが曲がってます」

「ヒップ、もっと上がります」

とコメントをつけてくれる。

しかし、この後ろヌード、なんといおうかおぞましい……。自分でも悲しくなる、落ち込む。私は心に決めた。もし、万が一、これから好きな人が出来て、そういうことがあったとする。が、

「ちょっとシャワー浴びてくるワ」

などと裸の後ろ姿を見せるのは絶対にやめよう。じゃ、前ならいいのか、と言われそうであるが、前も絶対にイヤ。

本当に若いうちだけですよね。好きな人とキャッキャ言いながら一緒にシャワー浴びたりするのは。若い時なら多少お肉がついていたって、胸は大きいし、お肌もピカピカ。多少の欠点なんか男の人は気にならないはず。

だけど、こんな肉塊のウエスト行方不明の後ろヌードになっちゃうなんて、私の青春は終わってたのね、とっくに。私は誰にも見られないように、そのデジカメヌード写真が入った封筒をバッグの中にしまった。が、またまた不安になった。もしこの封筒をどこかに落としたら。後ろ向きの裸だけど、横には私のアップの顔写真が。画質の粗い写真だから、すごくおどろおどろしい。

私はうちのゴミ箱の中に、うんと細かく切って捨てた。あんなもん、夫にさえ見られたくないわ。

というような事件をホッシーに話したら、ものすごく笑われた。

「ホントに流出したら困りますよね。どこかの写真週刊誌の袋とじになってたりして」

だと。

ところでこのあいだ（といってもまだみんながコートを着ていない頃）、タクシーで表参道を走っていた時、信号でかなり人目をひく女のコを見た。彼女、信号が変わって渡るところであったが、ベージュのニットの胸がゆさゆさ揺れているのだ。眼鏡をかけて、髪の毛をひとつに結び、まるっきりしゃれっけのない女のコが、体の線が丸見えになるニットワンピを着ているのだ。このコがものすごく大きな胸なので、アンバランスなことこのうえない。それならば偶然にそうなったかというと、ワンピのデザインにかなり意図的なものが感じられるのだ。

「顔はジミ、体はハデ」

が好き、という男の人はとても多いが、このコは間違った演出をしている。これ見よがしにニットワンピを着ると、売り込み重点箇所がバレバレだ。もしジャケットの陰からこの胸が見えたら、かなりぐっとくるだろうけど、こんなんじゃダメ。私みたいな後ろヌードになる前に、よーく考えなさい。

羨ましい唇

私はヘアブロウがまるっきりヘタ。

それはいい加減な性格によるところが大きい。夜、シャンプーしてドライヤーで乾かす時、めんどうくさくて、めんどうくさくてつい適当にしてしまう。ところどころ生乾きのまま寝るから、朝は悲惨なことになる。仕方なくもう一度濡らしてブロウするのであるが、これもちゃんとしないので寝グセもあんまり直らない。

たぶんプライベートで私に会っている人は、

「いつも髪がバサバサ」

という印象を持っているに違いない。が、雑誌の取材やサイン会の時は、いつもやってもらっているヘアメイクの人にお願いしてるし、特別の時にキレイならいいのよ、なんか文句ある？　と居直っていた私。

このあいだのこと、うちの近くの駅前を歩いていたら、向こうから顔見知りがやってきた。いつもおしゃれな、ブランドプレスの人であったが、日曜日の地元とあってノーメイク。

「ああ、こんなところで会うなんて」

と私が言ったところ、

「私もこんな汚い格好で恥ずかしいわ」

だって。〝も〟、〝も〟ですよ。彼女が考えていることは手にとるようにわかった。

ということでかなり反省し、この頃は週に何回も、歩いて五分のサロンでシャンプー&ブロウしてもらっている。朝の九時半に行ってやってもらえば、一日中キレイな髪でいられて、どこへ行っても大丈夫。なんでもっと早く行かなかったんだろうと思うぐらいだ。

そうそう、このあいだシンポジウムに出たら、見ていた人からファンレターが届いた。私の顔をスケッチしたらしく、

「すごく手入れのいきとどいた、栗色のつややかした髪がステキ」

という文字が私の目を射た。やっぱりわかってくれたのね。うれしい。顔はデブに描かれていたけど許すわ。

さて、ブロウがヘタな私であるが、メイクはまあまあうまいかもしれない。プロにやってもらったり、いろいろ本を読んで研究している方だ。といっても濃いメイクは避け、ファンデーションは極力塗らないようにしている。凝っているのはマスカラかしらん。ドラッグストアで「くじゃくマスカラ」「魔法のマスカラ」という文字を見つけるとつい買ってしまう。ま、自分で言うのもナンであるが、睫毛の長さと濃さはちょっとしたものかも。

時々初めてのヘアメイクさんから、

「つけ睫毛みたいですね」

なんて誉められる。オホッホホ。

あと気をつけているのは唇であるが、これは何度もお話ししているが、長いこと私のコンプレックスであった。厚くて大きい唇というのは、昔はまるっきり流行らず、ブスのアイテムみたいに言われていた。それがなんと、厚い唇にするために整形手術する今の世の中ではないか。

「私の青春返してーっ」

と私が言いたくなるのも無理はないだろう。厚い唇が流行していたら、あの男、あの時の男、あんな時、フラれることはなかったであろう。口惜しいです。

それはそうと、タラコ唇の私がとても憧れている唇がある。それは曲線の多い、いわゆるあひる口ですね。コケティッシュでいながら愛らしい唇。このあいだ雑誌を見ていたら、

「あひる口のタレントや女優は、女から好かれない」

という一文があったが、そんなことはないと思う。モデルで女優のりょうさんなんか、あひる口の代表選手だ。私が観察した結果、この唇はお嬢に多い。それも遊び慣れている都会のお嬢ですね。メイクもばっちりきまっていて、ピンク系のグロスをしたあひる口で、男の人におねだりしている現場を何度か見たことがある。拗《す》ねたり、わがまま言ったりすると、ものすごくチャーミングな唇で、本当に羨ましい。

もうひとつ羨ましい唇は、折り紙唇ですかね。笑う時、上唇が軽くめくれる。上品な感じにほんのちょっぴり。この折り紙唇を持つ人は、超がつくぐらい美人が多い。天海祐希さんとか上戸彩ちゃんなんかがそうだ。そうそう亡き夏目雅子さんもこの折り紙唇であったと記憶している。

いずれにしても、ツヤツヤの唇というのは、女の大切なパーツ。私はナントカ姉妹のお姉ちゃんみたいなヌレヌレ唇はちょっとやり過ぎだと思うが、ツヤツヤはいつも心がけている。そのためにやはりドラッグストアで、コラーゲン入りリップクリームとかグロスを買い漁っている。

なんといっても冬は路チューの季節だ。夏よりも冬の路チューの方がロマンティック。しかし私のまわりの有名人の男性はこう言ってこぼす。

「写真週刊誌がうるさいから、この頃路チューはしないように心がけているんだ」

情けない、と私は思った。路チューも出来なくて何が恋人じゃ、愛人じゃ。密室でそういうことするのはあたり前。六本木や青山の街角で、危険もかえりみず、いとおしいと思った女のコの肩を抱き寄せる。これこそ本当の男ではなかろうか。衝動という、恋にいちばん大切なもの。それを導き出してくれるのが唇である。

あれっきり美男子

国民的美人作家といわれる私であるが、仲よしの友人に、国民的美人料理研究家の井上絵美ちゃんがいる。彼女はお母さんが有名女優で、本当に美女。

そのエミちゃんからディナーのお誘いを受けた。

「うちの教室で有名シェフがつくってくれるの。おいしいワインもいっぱい用意したから来てね」

五十人ぐらいが招待されていた。マスコミ関係が多い。が、前菜が出る頃になっても、私のテーブルの前の二人がなかなか来ない。

「いったい誰が来るのかしら」

ネームプレートをひっくり返してびっくり。そこには「北島康介」という文字が！　そのお隣はチューブの前田さんであった。ややあって二人がやってきた。前田さんはエミちゃんの〝弟分〟で、彼が北島クンを連れてきたという。エミちゃんも北島クンに会うのは初めてらしいが私も初めてだ。ずっと前にルイ・ヴィトンのパーティで、サッカーの中田

（英寿）さんと一緒の時にちらっと見たことがあるぐらい。

今や日本中のヒーローとなった北島クンが私の前で笑い、お酒を飲むなんてまるで夢みたい……。すごく礼儀正しくいいコであったが、驚いたのはその顔の綺麗さ、小ささである。たえず水に鍛えられているせいか、肌がつるんとしているのである。テレビで見るよりもずうっと美しい。

「今度、おばさんがフグおごってあげるワ。前田さんとエミちゃん、四人で行きましょうね」

としきりに言ったのであるが、あれから事態は動いていない……。

さて、それから四日後、私はさらにもう一人魅力的な美青年に会った。ジャーン！　岡田准一クンである。前にも一度FMラジオの番組に呼んでいただいたのであるが、はっきりと言おう。

「岡田クンこそが日本一の美形である」

いろんな芸能人に会った私がそう言うのだから間違いない。今の世の中というのは、ややカジュアルなハンサムが主流になっている。あまりにも美しいと古くさい印象を与えるのであるが、岡田クンはそういうことがない稀有《けう》な人だ。端正さに憂いを含んだ正真正銘の美形。この系列として玉木宏クンがいるけれど、あちらの方がフランクでお茶目な雰囲気がある。が、岡田クンは取りつくしまがないくらいのノーブルな美しさ。私はこのあいだ『綺麗な生活』（マガジンハウス刊）という小説を書いたが、その中に出てくるものすごい美青年は、一度会っただけの岡田クンをイメージしている。

さてこのたび美女になるためのお料理集『マリコ・レシピ』（マガジンハウス刊）を出した私は、そのプロモーションの一環として、岡田クンのラジオ番組に出していただくことになった。販促が美形と結びつくというのも、私が国民的美人作家だからであろう。

ホッシーと、『マリコ・レシピ』担当のオイカワさんが同行してくれる。

「岡田クンって、ものすごい読書家だから、ハヤシさんと気が合うんじゃないですか」

とホッシー。

「確かにものすごく本読んでて頭いいけど、やっぱりあんだけ綺麗な顔してると、近づきがたいわよ。前、出た時はマイクごしに、私思わず見惚れちゃったもん」

などと言いながら、六本木ヒルズの中のＦＭ局へ。

「ハヤシさん、お久しぶりです」

うれしい。一回会ったこと、ちゃんと憶えていてくれたのね。そして収録が始まる。岡田クンは自分でも料理が好きで、パスタなんかはよくつくるそうだ。

「ねぇ、ねぇー、そういうのって、やっぱり女のコの家でつくるの？」

と探りを入れる私。しかしあちらも長年スターやっている人なので、

「男ばっかりのパーティですよ」

レストランの話になると、

「いやー、事務所の後輩たち連れてくので、僕が払いますけどね」

と、決して口を割らない、いや失礼、実にうまくはぐらかす。あとでホッシーが言うには、

「プロとプロとの一騎打ちって感じですよね。肝心なことを聞こうとするハヤシさんと、言わない岡田クン。二人の会話がすっごく面白かったです」

とはいうものの岡田クンとは話がはずみ（のつもり）、途中で彼はこう言ったのよ。

「マリコさんって呼んでもいいですよね」

「もちろん！」

帰り道、ホッシーが言う。

「ハヤシさん、よかったじゃないですか。二回も会ったんだからもうお友だちですね」

「そんなわけないでしょッ」

ぷりぷりする私。

「あんだけ食べ物の話が出てさ、最後までどこか行きましょう、とか、今度お食事でも、っていうことにならなかったのよッ」

そういえば北島クンともあれっきりだよね、こんなもんよね……。

「『マリコ・レシピ』、料理本というより、私はマリコさんの写真集と思って買いました」

というファンもいるのにさ。女性ですけど。

しょってる男

先週に続いてイケメン体験を。

今日は帝国劇場に「新春滝沢革命」を観に行ってきた。タッキーの歌あり踊りありのワンマンショーである。ものすごいお金がかかっていて、巨大な船が動いたり、飛行機や馬車が出てくるのには、本当に驚いた。それより何よりファンを喜ばせたのは、タッキーの宙づり、空中ブランコだ。まるでピーターパンのように、空間を自由自在に飛んでいくのだ。私の席は二階のいちばん前だったので、タッキーの美しい顔がこちらにぐーっと近づいてくるではないか。

デビューしたてのタッキーに一度だけ会ったことがある。パーティで紹介されたのだ。その時から比べて、まあ、大人になったこと。男らしさは備わったものの、美少年という言葉がふさわしいナイーブさはそのまま。正面から見ても、右から見ても左から見ても本当に美しい……。

帰りの電車の中で、パンフレットをめくっては、タッキーのアップの写真にため息をついている私はちょっとコワかったかもしれない……。

ところで世の美形たちは、いったいどんな女のコと恋愛したり、結婚をしたりするんだろうか。私は断言してもいいのだが、

「美形は案外ふつうの女のコが好き」

という説は嘘ですね。そんなのは少女漫画の中でしか起こらない。美形たちの九十九パーセントは美男美女のカップルだ。残りの一パーセントが、ま、女性の方にお金や閨閥《けいばつ》があったりする特殊ケース。

並のレベルの女のコは、まずすんごい美形には近づかないはずだ。分不相応といわれるのはイヤですもん。私なんかさんざん〝面喰〟と言われてきたが、今の夫を見ても、過去を思い出しても、そうすごいレベルなんか一人もいない。自分よりちょっと上とくっついたぐらいで、非難がましくあんなこと言われるもんなのね。

うんと美しい男と知り合うと、並の女は平静でいられなくなる。最初から諦め半分で、つい三枚目キャラをやってしまうのではなかろうか。そこへいくと美女は最初から平静を保って、ふつうに近づいていけるのでとても有利だ。ごく自然体で過ごせる。

そお、美人っていうのは、男と女のことを複雑に考えていない。男の人が近づいてきても、ヘンに屈折したり深読みしないというのは、人生においてどれだけ幸福なことであろうか。美人が幸福な結婚をしているかというと、これまた別問題であるが、美形の愛を素直に受け入れられるというのはいいことですよね。

最近、私の大好きなイケメン俳優たちに、続々と熱愛報道が立てられているが、相手は

たいてい女優さんやタレントさんだ。お似合いの二人といわれるカップルばかり。そりゃそうです、そりゃそうだと言いながら一抹の淋しさが……。どこかに超イケメンとつき合っているふつうの女のコはいないものであろうか……。ということを言うと、必ずといっていいぐらい、

「私のカレはすごいですよ」

と自慢してくる女のコがいる。ケイタイの待ち受け画面を見ると、チェーンのネックレスしたたちゃっちいニイちゃん。私が言ってるのはこんなレベルではなく、もっとゴージャスな光り輝くような美形である。

一度だけ私は、この光り輝くようなレベルの男性と、並以下の女性のカップルを見たことがある。女性の方はさえないうえに、しかも五、六歳年上だったのだ。男性の方が俳優のような美貌だったので、この夫婦はとても違和感があった。奥さんは甲斐甲斐しく彼の世話をやき、仲よさそうであるが、性格だけでこの女の人を選んだのかしら……。

不思議に思っていたら、後で友人が教えてくれた。

「ダンナの方はゲイなんだよ。それでもいいって結婚してるらしいけど」

なるほどそういうことなのかと納得した。

つい先週のことである。仲間うちでもいちばんハンサムということになっている、ある男性と、お芝居を観に行ってきたと思っていただきたい。革ジャンを品よく着た彼は、ものすごくカッコよく、人目をひいた。ついでに私も人から見られる。

「へぇー、ハヤシマリコって、いい男をつれてるじゃん」

しかしこの男性は、自分が美形ということをよおく知っていて、かなりしょってるとこがある。"しょってる"ってわかるかな？　古い日本語です。自惚《うぬぼ》れてるっていう意味であろうか。

席に座ったとたん、私の髪を撫で始めたのですね。

「静電気で髪が立ってるよ」

それはありがたいのであるが、私たちの席は後ろのブロックのいちばん前列。つまりいちばん目立つ席だったのですね。

「あ、いい。自分で直す」

と身をよじったのであるが、それでも彼の手は私の髪から離れない。どうみたってイチャついている二人でしょ。その時、さまざまな方向から、

「ちょっといい男とデレデレしてみっともない」

という鋭い視線が。誤解です。ホントに誤解です。

笹カマボコ足

最近、私のまわりの女性たちはみんな走っている。

「えー、こんな人まで」

と驚くような人まで、マラソン大会出場を目指して頑張っている。走り出すととにかく楽しくて楽しくてたまらないそうだ。

このあいだ長谷川理恵ちゃんと、久しぶりに対談で会った。そう、ランニングブームの立役者ですね。そしてあまりの美しさにうっとり。ハチミツ色の肌にキラキラした目、適度に筋肉がついた体は本当にキレイだ。私も走ってみたい……と本気で思ったのであるが、デブのうえに運動大嫌いな私。走る、なんて至難の業だ。が、私は少しずつ始めました。うちの近くの公園を、早足で三周するのを日課としたのである。

そうするうちに、私に思いがけない出来ごとが。エンジン01という文化人の団体が、名古屋でオープンカレッジを開催したのであるが、その中のひとつに、

「有森裕子と走ろう」

というイベントがあったのだ。にぎやかしに私も一緒に走った。といっても、会場の公

園をほとんど歩いたといった方が正しいかも。その時、やさしい有森さんは一緒に走ってくれただけでなく、いろいろアドバイスをくださった。私の足をじっと見て、

「ハヤシさんのランニングシューズは、全然足に合ってないわ」

だと。これは以前通っていたジムのバーゲンで買ったものであるが、

「○○は、足の幅が狭いの。○○ッ○○の方がハヤシさんの足には合ってると思うけど。これじゃ、走ってもすぐ、足が痛くなってくると思うわ」

確かにそのとおりだ。そのうちに自分にちゃんと合った靴を買おうと思っていたのだが、つい忙しくて忘れかけてたある日、ランチを銀座でとっていたら、友人が言った。

「私もついにホノルルマラソンデビューしたのよ」

彼女もまたキャリアウーマンで、そんなことには無縁だったはずなのだが、ブームはすごい。私はふと思い出した。

「そういえば、あなた、自分の足に合ったランニングシューズを買ったとか言ってたわよね。それってここの近くじゃないの」

歩いて五分ということで、案内してもらうことにした。なんでも、機械で足の形を測定し、自分に本当に合ったシューズを選んでくれるとのこと。

さっそくタイツを脱いで裸足になり、金属の台の上に足をのせた。すぐに出てくる私の足のレーザー画像。若い男性店員は言った。

「とても横に広い足ですよね」

そんなことはわかっている。なんとタテのサイズは二十三・五とふつう、横のサイズは二十五・五センチという数値が出たのだ！　こんな足ってあるだろうか。仙台名物笹カマボコみたいな、だ円形なのだ……。

ここでも何度もお話ししたと思うが、昔から本当に足には苦労してきた。今はインポートの高いものを買えるからいいが、ビンボーな頃は、国産靴に泣いた。なぜなら二十四・五センチまでしかなかったんだもの。

いや、インポートものでも、幅が合う大きめのサイズを選ぶから、タテはぶかぶかになってしまう。ちょっと足になじんでくると（ということは横に広がってくると）、すぐに脱げてしまうことはしょっちゅうだ。

自分の足は変わった形をしているとは思っていたが、その数値をこうまざまざと見せられると悲しい……落ち込む。おしゃれな靴を履こう、などという意欲がまるっきりなくなってしまったではないか。

今年流行の靴は先がラウンド型になっている。このあいだまでの細ーい三角形がすたれてきて、ぽっちゃり型のデザインが多い。ところがこのラウンド型って、甲が低く実は細身なのだ。おかげで私の足はかなり痛手を負った。小指のマメはもちろん、親指のつけねが赤く腫れてしまっている。もー、プチ拷問みたいなもんですよ。

「だったら、オーダー靴をつくったらいいじゃないの。あれはラクよ」

と言ってくれる人がいるが、私は絶対に履かないつもり。なぜなら私の足に合わせたら、笹カマボコ状のものが出来上がるんだよ。そんなもの履ける？　もしお座敷で食事をして、脱ぐようなことがあったら、すごく恥ずかしいと思う。どんなにつらくても苦しくても、おしゃれのためなら頑張れる。それが女です。

この頃、加圧トレーニングの効果がやっと出始めたのであろうか、脚が細くなったとみなに言われる。黒タイツのせいもあり、確かに以前と比べると、ほっそりしたような気がする。

ところで不況の波に逆らい、この頃また洋服を買いまくっている私。昨日はなんと、パーティドレスを買ってしまった。シフォンのミニですごく可愛い。これはやっぱりナマ脚であろう。ナマ脚といえばサンダル。サンダルは何足も持っていて、どれも指を全部見せるタイプである。今までペディキュアさえちゃんとしてればサンダルＯＫ、と思っていたが、超ワイドタイプとわかってからはそんな気がなくなってしまった。笹カマボコの図は、すっかりトラウマになったようである。

めざせ！ブログの女王

ブログを開設することにした私。この頃は毎日、ケイタイカメラで撮影をしている。このことを知り、編集者はさっそくこう言ってきた。

「ハヤシマリコのグルメ日記ということで、うちで単行本化しましょう」

そうね、確かに私ぐらい食べ物にお金を遣ってる人はあんまりいないかも。最近の食べ物のスケジュールをちょっと書くと、先週月曜日カンテサンス（ミシュラン三ツ星・ワリカン）、木曜日ロオジエ（ミシュラン三ツ星・オゴリ）、土曜日すきやばし次郎（ミシュラン三ツ星・ワリカン）、今週火曜日フグの味満ん（ミシュラン一ッ星・私の払い）というすごさ。なんと九日間で星を十個食べてる。これではお金がたまらず、お肉がたまるはずですわい！

私はいつも一緒に食事をする男友だちに言った。

「もういいの、私。色も欲もないの。こうして気の合った人たちとおいしいものを食べられればそれでいいのよ」

と言いながら、味満んのフグ刺のお皿をパチリ。ここは東京、いや日本でいちばんおいしいフグ屋さんであろう。厚めにひいたフグ刺のおいしさ、アン肝を使ったタレのおいしさなどもう絶品であるが、お値段が高いうえにキャッシュしか受けつけていない。ひと冬に二回行けばいいかしらん。ところで私はフグに関して名言を残している。

「フグをおごると財布が痛み、フグをおごられると心が痛む。よってフグはワリカンがいちばん！」

が、私はふと思う。

「フグはデキてる男の人におごってもらうのが、いちばんいいのではなかろうか」

かつて水商売経験もあり、男と女のことを熟知している某女性作家がこう看破したことがある。

「二人きりでフグを食べている男女はたいていデキている！」

これは正しいかもしれない。フグのように高いものを、男の人は縁もゆかりもない女性にめったにはおごってくれないし、二人きりで鍋をつつくっていうのは、何もない男女にはちょっと気恥ずかしい行為である。

などと言いながら、私の場合、デキていない男の人と二人きりで食べることも多い。しかもワリカンで……。

ある夜、フグ屋のカウンターでさしつさされつ、ヒレ酒を楽しく飲んでいたら、目の前の座敷の戸がガラガラっと開いて、よく会う知り合い男性が。私はあわてて言った。

「あの、このことみんなに黙ってて、お願い！」

私は半分本気、半分芝居っ気出して言ったのであるが、すべて冗談と思われたようだ。

「えーと、初めてでしたっけ」

なんて男同士名刺交換始めて、私の立つセはなかった……。

「マリコさん、そういう食べ物の話もいいですけど、おしゃれの話も」

とブログのライターにスカウトしたマキちゃんが言った。

「ブログを見る人は、マリコさんの買うものに興味があると思うんで、ぜひそっちの方も」

「じゃ、これ見て、これ」

足を高々上げる私。そこには、右には犬、左には猫の足が描かれたラブリーな靴が。

「ほら、自分の足のサイズをレーザーの機械で計ってから、タテ二十三・五、ヨコ二十五・五センチっていう衝撃の事実は、ずっと私の心に影を残しているわけ。自分がチョー横幅足だとわかってから、ずっと疲れやすくなったのは不思議よね。ブランドのヒール履いてデパート歩いてたら、もうダメ、っていうぐらい痛くなったの。もう拷問よ。それでデパートの中のCAMPERショップで買ったのがこのかわゆい靴。木型が大きいらしくって、私の足にぴったりよん」

でもちょっと待っててねと、私はまた別の靴に履きかえ、ケイタイカメラでパチリ。

「でもね、この靴、ちょっとかわいすぎるかしらん、ちょっと年には似合わないかもって悩んだわけ。それでね、今日青山まで行ったから、プラダに行って春の靴を見たの。そしたら見て、こんな素敵なのが」

それはラインストーンが入っていてキラキラしている。おまけにやわらかい革のフラットシューズなのでとても歩きやすい。

「私ぐらい靴に苦労している人もいないから、私のブログ見て、参考にしてくれるとうれしいわね」

「それからマリコさん。マリコさんのブログといえば、有名人がいっぱい出てくるってみんな期待すると思うんですよ」

「それよねー」

私はため息をついた。

「芸能人って事務所がうるさいから、勝手にブログにのせられないみたいよ。私もいろいろ許可をとるのめんどうくさいから、どうしようかなーって考えてるの」

芸能人もいいけど、デイトより楽しいことがあろうか。私はもはや色も欲もないけど、恋したいオトメ心はあるかも。

本当の私の願い。それはフグをおごってくれるお金持ちの恋人をつくり、フグチリ食べてる彼の手とか後ろ姿を、ブログでちらりちらりと見せることかしらん。そう。恋の気配がないブログなんてつまらない。私のブログはチラリズム、これをめざしていくことにした。マリコブログ、よろしくお願いします。

大きな間違い

〝国民的美人作家〟の私が、たえず新しい美容法にチャレンジしているのは、よくご存知だと思う。

最近私の悩みのひとつは、髪にコシがなくなり、ベタッとしてきたこと。若い頃は髪が多過ぎるのが悩みだったし、一本一本が太くて立つほどであった。ところがこの頃、急に細くなってきたのである。

「どうして他のところは細くならないのに……」

と気にしていたある日のこと、知り合いの髪が妙にツヤツヤとたっぷりしてきたではないか。どうしたの、と尋ねたところ、

「みんなに聞かれるの。シャンプーを変えたせいだと思う」

なんでも、プラザで売ってる輸入もののナチュラルタイプだと。ふつうのシャンプーだと、髪に艶を出すシリコンを入れたりしていることが多いが、これは何も入っていないんだそうだ。

「頭皮に何も残らないから、髪がすぐに生えやすいんだって。それからトリートメントは

特別製よ。沖縄に住んでる私の友だちがつくってくれるの」

こういう話を聞くと、いてもたってもいられなくなる。

「私にもぜひ！」

と頼んだところ、プラザでシャンプーを買ってきてくれ、帰省した折、沖縄からトリートメントを運んできてくれた。いかにも手づくりらしく、ペットボトルを再利用した容れ物だ。

「百ccぐらい洗面器に入れ、ぴちゃぴちゃと髪を叩いてしみ込ませてね。それから間違っても頭皮につけないように」

彼女いわく、トリートメントにもいろんなものを入れ過ぎ。本来は酸性になった髪をアルカリ性にするだけでいいという。

「ですからこのトリートメント、穀物酢にグリセリンとハーブを入れるだけなの」

「だったら私にもつくれるじゃん」

であるが、ズボラな私に出来るはずはない。そんなわけで手づくりトリートメントは次から買うことにし、大切に使わせてもらう。シャンプーで髪を洗った後、お酢でペチャペチャ……。

そして一ヶ月がたった。なんと私の髪の生えぎわがまっすぐに立つようになったのである。

「これってウブ毛よね。やっぱり新しいのが生えてきたんだわ。ハゲの一歩手前の夫にも教えてやろう」

　とホクホクしていたら、秘書のハタケヤマの鋭いひと言。

「ハヤシさん、そんな短い間に、ウブ毛が出てくるわけないじゃないですか」

　それもそうであるが、この頃私の髪がまるっきりきまらない。一流のところでカットしてもらい、今までは自分でドライヤーすれば何とかなったものが、どうやっても決まらない。パーマをしていないから「オバさんのザンギリ頭」のようになってくる。

　週刊誌の対談でホストをしている私は、しょっちゅう芸能人の方とお会いするのであるが、あちらはたいていスタイリストやヘアメイクをつれてくる。あまりにもひどい私の髪を見るに見かね、ブラシで直してくれるヘアメイクさんもいるほどだ。

　それでも私は、このお酢トリートメントを続けた。が、今日ブロウしてもらった近所のサロンで意外なことを。

「ハヤシさん、髪があまりにもぱさついているんで、短い毛が切れちゃうの」

「えー、これ、ウブ毛じゃないの」

「違うよ。髪の乾燥で切れてるだけ」

　どうやらお酢のトリートメントだけでは栄養がゆきわたらなくなったようなのである。

うーん、無念。

　ところでもうひとつ、大きな間違いをしているような気がして仕方ないことがある。NHKの「ためしてガッテン」を見ていた私。それによると、糖分が脳に働きかけて痩せる指示を出している。ところが糖分が入ってこなくなると、飢餓のサインが出てどんどん脂肪を蓄えていくそうだ。

「ですから糖分を抜いたダイエットなんて、とんでもないことなんですよ」

と話はしめくくられた。

そんなわけで朝、昼、晩、必ずご飯を一杯食べるようにしたところ、どんどん体重が増えていくではないか。

「なんかおかしい」

と思っていた私は、ある日ひょんなことから美女入門シリーズの文庫本を読んだ。八年前、ちょうど炭水化物抜きダイエットを始めている頃である。衝撃だった。

「頑張ったら一週間で二キロ痩せた」

「四キロ減った」

という記述がいっぱい。どうやら私の体はふつうのセオリーはあてはまらない。糖分、すなわち炭水化物が大敵だということがわかったのである。

「負うた子に教えられ」

という言葉があるが、この場合何と言ったらいいのか。

「自著に教えられ」

ということをしみじみ思ったのである。昔の私はえらかった。

色気より食い気

そのお好み焼き屋さんへ行ったのは、今は休刊となった「BOAO」の取材のためであった。そお、あの頃、私はブログみたいな楽しい連載を持っていて、出かけたいろんなところをカメラにおさめていたのだ。

「日本でいちばんおいしいお好み焼き屋さんがあるから」

と、食通で知られる小山薫堂さんが連れていってくれたのが、蒲田の近くにある、ごくふつうの小さなお好み焼き屋さんであった。おかみさんが焼いてくれるのであるが、そのおいしいことといったらない。私はそれまでお好み焼きなどそれほど好きでもなく、たまに〝ぼてぢゅう〟を食べるぐらいだったかしら。

ところがそこのお好み焼きときたら、粉はほとんど使わないうえ、細かく切ったキャベツの水分で中を蒸し焼きにする。外はパリパリ、中はふんわりとスフレのようで、具の味が混じり合う。驚いた。なんておいしさ、なんという食感！　別に焼いてくれるハンペンやイカのバター焼きも最高だったわ……。

私がその話をすると、

「行きたい、行きたい！」

と友人たちが言うのであるが、私はちょっと脅かす。

「でもね、このおかみさんは焼けるまでの間、ずーっと解説してるよ。この間、私語をかわしたり、よそ見したりしてると、ホントに怒られるよ。これに耐えられる人だけが、世にもおいしいお好み焼きを食べられるんだけど、あなたたち、これが出来る？」

するとみんなが言う。

「絶対に出来るから連れてって」

ということで私が幹事になり、ツアーを計画した。本当にツアーと言いたいぐらいに遠いのだ。まずその前に人と会っていた表参道から地下鉄に乗って渋谷へ。そしてJRを使って五反田へ。池上線に乗り換え、二十分以上かけてその小さな私鉄の町へ行く。こう書けばどうってことなさそうであるが、ここでちょっとした出来ごとが。表参道で会った友人はつくり酒屋の娘で、

「これ持ってって」

と四合瓶を二つくれたのだ。桜もちの箱とアラレも一緒に。それにお好み焼き屋で飲もうと思ってた白ワインが一本、時期が時期だったので、その夜会う男性のためにチョコを三箱持つ。ラッシュよりもちょっと早い時間といっても、こんだけの荷物持って歩いてる人は、あんまりいないかも。

それでも私は、けなげに慣れない池上線に乗りました。ゆっくりと進む電車。ふと大昔、野口五郎さんが歌っていた「私鉄沿線」という歌を思い出した。あれは確か池上線がモデルになっていたはず。そうよ、うんと若い頃、あの歌みたいに、どうして男の人と暮らさなかったのかしらん。まだ私らの頃は〝同棲〟というと暗いイメージがあり、嫁入り前の女のコがしちゃいけないものとされていたんだっけ。嫁入り前があんなに長かったんだったら、いっぺん経験しときゃよかったわ。

「昔さ、男と暮らしていた頃にさァ」

というのは、女の物書きとしちゃ、ちょっとカッコよかったかも……。

そう、お好み焼きというレトロな食べ物を前にすると、人はどうしても思い出にひたるものらしい。

さて約束の六時半には五人全員が揃い、おかみさんのパフォーマンスが始まる。ヒカリモノ満載の、ちょっと色っぽい、ものすごくキャラが濃い方です。

「私は怒って言ってんじゃないの。こちらがきつく言わないと、真剣に聞かない人が多すぎるからこうなるのよ」

「いい？　ピーマンの気持ちになって私は焼いてんのよ。ピーマンの気持ちになれば、こう焼いてほしいって手は自然に動くのよ！」

が、私があれほどきつく言いわたしておいたのに、途中からみんなだれてきて、私語をかわし始めた。人の噂話とか、ワインの話とかだ。これってまずいよね。おかみさんの顔

せいか、まったくお肌のいいことといったら！ そしておみ焼き三枚、チーズ焼き一枚、バター焼きの野菜とハンペン、砂肝なんかをいっぱい食べてもうお腹いっぱい。お酒もワイン、チューハイ、ビールをいっぱい。そこに携帯電話が鳴った。知り合いのテレビ局の人が六本木で飲んでるから来ないかだって。

そこで高速とばしてバーに行った。よく、飲むと性的にだらしなくなる女の人がいるが、私の場合、食べものへの歯どめがきかなくなる。なんとそこの店でオムライスを注文した。そして家に帰ってから、桜もちを食べたらしい。朝起きたら包みを開けた残骸があって、空恐ろしくなってしまった。

〝同棲〟なんてよく言うよ。昔から色気より食い気だった女じゃん。一緒に住んだらこういう意地汚いとこいっぱい見られたんだよ。そのうち昨夜のお礼のメールがいっぱい。あのおかみさんのパフォーマンスとお好み焼きが素晴らしいと、みんな感動していた。また二回めのツアーをしたいらしい。はい、はい、いつでも幹事します。どうせ私は幹事タイプの女。ずっと前から、色ごとにはいちばん遠いタイプです。

ワイン抜きにいられない

春の訪れと共に、私の苦悩はますます深くなるばかり。

「どうして痩せないんだろ……」

いろんなことをひと通り試してみた。いつもだったら二、三キロ動く体重がぴくりともしない。

朝は糖質を必ず摂れ、という人もいるし、果物だけにしろ、という説もある。私はとりあえず、夫のものをつくるついでに、ニンジンとリンゴのジュースをつくって飲む。だけど私は無類の早起き。毎朝六時に起きる人が、ジュース一杯だけで持つわけがない。九時頃になると、お腹が空いて倒れそうになる。よってご飯を一杯とお味噌汁、焼いた鮭、昨日の残りの煮物なんかも食べる。

私は毎朝、夫のお弁当もつくるので、ジャーの中には炊きたてのご飯がある。ひもじさの前に、ほっかほかのご飯と、お弁当の残りのおかず。この誘惑にうち勝てる人がいるであろうか。

そのかわり昼間はサラダか、ちょっとしたスナック（低ＧＩのＳＯＹＪＯＹとか）をつまも程度。うちでの夕飯もご飯はカット。しかしまるっきり痩せない。そお、あまりにも外食が多いからである。

ブログを始めてわかったことがある。三日に一度、いいえ一日おきの美食の数々。そしてお鮨屋さんに行く時も、誰かが必ずワインを持ち込んでくれる。私のために。そお、私は名誉ソムリエの資格を持つ女。文壇のナオミ・カワシマと呼ばれている女である。

実は私は長いこと、ワインには近づくまいと思っていた。まわりを見ていても、ワインにはまると、お金はかかるわ、肝臓やられるわ、太るわ、ウンチクたれて人に嫌われるわと、何もいいことがない。だから私は、人さまのご馳走してくれるものを素直に飲むだけの女になろうとしたわけ。が、気がついたら、ワイン抜きでは外のお食事は出来ないようなカラダになっているではないか。もちろん日本酒も大好きでよく飲むが、ワインを飲むことの方がずっと多い。

男の人と二人で食事に行く時、そこがイタリアンかフレンチだったら、まずシャンパンをグラスでとり、乾杯をする。その後、白か赤を一杯飲み、飲み足りなかったらまたグラスワインということになる。

ついこのあいだまで、ダイエットを結構頑張っていた私は、

「いい男とじゃなきゃ、飲酒のカードは切れない」

とエラそうなことを言っていた。そして、

「安いワインを飲んで太りたくない。だから三万円以上じゃなきゃ飲まない」

とまで言っていた私が、今じゃガンガン飲みます。さすがにつまんない男と飲むことはないけれど、安いワインも、おいしいものならかなりの量を飲む、ただの酒好きと化してしまったのである。

そお。酒好きといえば、あの酔いどれ大臣、中川昭一さんを私は大好きだった。最初に出ていらした時、なんてハンサムなんだろうかと胸をときめかし、私がホステスをしている対談に出ていただいた。

その後、何度かお食事をご一緒し、もちろんお酒もいただいた。が、酔っぱらったお姿を見たことがない。

ある時私がふざけて、

「中川秀直さんと、中川姓が二人いるから、記者の人たちは、中川秀直（女）、中川昭一（酒）ってカッコつけて区別してるんですって」

と言ったところ、

「ボクだって、女、大好きだよ」

と、じっとこちらの目を見ておっしゃった時の色っぽいこと。思わずくらくらとなりましたよ……。

その時、中川さんが高級居酒屋に持ってきてくださったのが、チリのアルマヴィヴァ。シャトー・ムートン・ロートシルトの会社がチリで、すばらしいワインをつくるためにジョイント・ベンチャーしたものだ。一本八千円ぐらいですごくおいしい。

センスのある選び方であった。そして中川さんもセンスのある素敵な方だった。急に亡くなられて、本当に悲しい。

そお、ワインを飲むことにより、たくさんの知り合いが増えた。ワイン会にも二つ入り、お金持ちでカッコいい男の人たちともいっぱい知り合えた。

が、ワインのために失ったものは大きい。いや、増えたものは多い。

「ハヤシさん、お酒を飲んでいる限りは絶対に痩せませんよ」

と、このあいだも人間ドックの先生に言われたばかりである。

ところで名誉ソムリエというのは、まあ、ワイン好きの有名人にくださるものであるが、本来のソムリエバッジ、あの葡萄の形とよく似ているものをもらえる。私は授与式の日、これをつけて某高級フレンチレストランへ行き、そこのソムリエに見せびらかした。みんなから、

「バッカみたい」

と言われたあの出来事である。が、本当に嬉しかったんだから仕方ない。ワインリストもろくに読めないソムリエだけどさ。ところで、みんなブログ見てくれてるよね!?

プリズン・ダイエット

ブログを始めたところ、とてもたくさんの人が来てくれるようになった。私も頑張って毎日更新している。このところ、どこへ行ってもパチリ、パチリ。もちろん相手の人やお店にはちゃんと断っている。

ある有名店のご主人が嘆いていた。

「この頃、若いコが一皿ごとに、パシャパシャ撮るの。あれ、本当にイヤだね」

私は大人なのでそんなことをしない。ケイタイカメラで撮る時は、個室にいるか、あるいは他にお客さんが誰もいない時だ。

そしてブログと同時に開設したファンサイトにこんな書き込みが。

「マリコさん、ついでのことに、一日自分が食べたものをブログに公開して、レコーディングダイエットをしたらどうですか」

なるほど、いい意見かもしれない。そのうちにちゃんとやります。

それにしても、ブログを自分で書いていてつくづくわかった。外食がとても多い。それ

も有名店のご馳走ばかり食べている。こんなんじゃ痩せるわけがない。

毎週、毎週、ダイエットのことばかり書いていて、読む方もイヤになるだろうが、書く方だってホントにイヤ。私だって、もうデブは飽きた。いつもだったら、このへんでぐっと絞るはずなのに、この頃トシのせいか、何をやっても痩せないではないか。

クローゼットに入る。膨大な服の山。一度しか着ていないものもいっぱいある。この不景気の折、流行に関係ないものをうまくコーディネイトして着ようと思うのだが、どれもサイズが合わなくなってる。このあいだのバーゲンで買った、すんごく高い革のジャケットも、いつもの、

「痩せたら、きっと着られる」

という希望的観測のもとに購入したのであるが、相変わらずキッキッじゃん。

そんなうちひしがれた私の目に、ある女性誌の見出しが。

「刑務所ダイエットで痩せる」

だって。これだと思いましたね。そお、ホリエモンが出所してきた日のこと。電車に乗っていたら、女子高校生がしきりにそのことについて喋っていた。彼のしてきた行為がどうのこうのじゃない。

「ホリエモンって、拘置所にいる間に八キロ痩せたんだって」

「わー、すごい。どうしたらそんなに痩せるんだろ。でも拘置所入るわけにもいかないしさ」

そのことばかり。そう、そう、小室哲哉さんも二週間でだいぶ痩せたというのも記憶に新しい。

私はさっそくその女性誌の記事を読んだ。それによると、刑務所では、それほど運動はしない。が、中の作業に耐えられるカロリーは摂っている。それでもどんどん痩せていくのは、麦ご飯にあるようだ。実験した記者も、お通じがよくなり、かなりの効果があったという。

さっそく試す私。刑務所ご飯をつくるべく、スーパーに行って、タクアンとふりかけ、麦と雑穀を買ってきた。それから朝の残りのお味噌汁をうすーくして、一杯盛る。その日の昼食は、麦と雑穀が入ったご飯に納豆、ふりかけ、お味噌汁、それから昨夜の煮物の残りという、とてもチープなもの。そして夜も冷凍しておいた麦ご飯にお汁とおかずをちょびっと。そうしたら、あーた、次の日の〝出〟がすごいではないか。私が病的な便秘だということは既にお話ししたと思うが、このご飯にしたとたん、もうスルッという感じで出る。あの女性誌の記者によると、

「トイレットペーパーもいらないぐらいキレがよくなる」

んだそうだ。

いろいろサプリメントも試したが、やはりご飯は大切だったのだ。

そして大切なことは、アルコールと甘いものを摂らないこと。だって刑務所にいる人が、ビールやケーキを口にできるはずはない。いや、刑務所の中は、結構おやつが充実してい

るという説もあるが、入ったことがないからわからない。

そして三日間刑務所に「入った」結果、私の体重はちょびっとだけ減った。そして私は家に来た編集者にこう提案した。

「ねぇ、ねぇ、早いもの勝ちだよ。『刑務所ダイエット』っていう本を緊急出版したら売れると思うよ。いや『刑務所ダイエット』っていうのは語感がよくないから、『プリズン・ダイエット』ってどうかなあ。どこかの刑務所で聞いてきて、中で出す一ヶ月のメニューとレシピを出してくれたら、私、絶対に買うね」

「それなら、著者を誰にすればいいですかね」

「ホリエモンか、小室哲哉に頼みたいところだけど、やってくれないだろうね。女の有名人で刑務所に入った人って……」

「ちょっと思いつきませんね」

「○○○が、痩せちゃってやってくれるといいんだけど、道義的に許されないかしら」

私はこの頃、囚人服を着ている自分を想像する。そして言い聞かせる。

「あなたは今、罪をおかして冷たい牢の中にいます。ご飯はチープだけど、ありがたくいただきましょう！」

ま、しょっちゅう脱獄して、いろんなものを食べちゃうけど。

溺愛ワンコ

世をあげてのペットブーム。あの人も、この人も、みーんな犬か猫を飼っている。

私もこのあいだまで、二匹の猫を飼っていたのであるが、オスのミズオが三年前、メスのゴクミは昨年あの世にいってしまった。ミズオは十七歳、ゴクミは二十歳という信じられないほどの天寿を全うしたのが慰めであろうか。

さてその悲しみもいえたことだし、犬が欲しい、と家族の意見が一致した。私としては捨て犬でもいたら、それを拾って、と思っていたのであるが、私の田舎と違って東京（都心の方）は、ノラ猫はいても、ノラ犬なんて見たことがない。

仕方なく、〇〇ケンネルへ行った。ここは今から二十五年前、両親のためにマルチーズを買った有名店。ところがお店には、犬も猫も一匹もいない。最近は注文をとってから、ブリーダーから仕入れるみたいなのだ。

まず内金として三万円払う。そして住所や電話番号を書いた後、私はいちばん聞きづらかったことを最後に尋ねた。

「あのー、トイプードルは、いったい幾らぐらいするのかしら」

「うちは、特別にイイコが入ってきますから、六、七十万、まあ高くても百万円はしませんけど」

驚いたの何のって。どうして犬っころに七十万円払わなきゃいけないんだ！　犬なんか、人間と違って多少ブスでも、さしさわりはないじゃん。自分の犬になればどんな顔をしてても、すっごくかわいいはず。それに、このところブス猫、ブス犬ブームで、このあいだの「ブルータス」なんて、〝ブスかわ〟で有名な猫のまこちゃんが付録のシールになっていたぐらい。

だからいい。私は犬の容姿は問わない、と固く心に決め、その○○ケンネルはキャンセルした。内金の三万円は口惜しいが、七十万払うよりもずっといい……。

などということを話したら、友人が群馬県に住むブリーダーさんを紹介してくれた。ここならトイプードル、二十万円ぐらいだそうだ。

さっそくインターネットで見たところ、生まれたばかりの、とてもかわいいアプリコットカラーのワンちゃんがいた。

「あれを見せてほしい」

とコンタクトをとったところ、相手の女性はこんなことを言う。

「あのね、もうちょっと待ってて。うちでいちばん美人のシルバーちゃんが、今、妊娠してるの。あのコの子どもだったら、すっごくかわいいはずだから」

ということで、一ヶ月以上待った。そして今年（二〇〇九年）のお正月、朝早くに電話が鳴った。こんな時間、いったい誰だろうと思ったところ、例のブリーダーの女性である。

「除夜の鐘と共に、無事出産しました」

「まあ、おめでとうございます」

なんかへんな会話である。

「それでねー、このコはすごいわよー」

「そうですか」

「私も長年やってるけど、こんな美形、ちょっと見たことないわよー」

なんでも顔も体も小さく、目と鼻が素晴らしいバランスにあるそうだ。

「シルバーは珍しいしさ、体もすごく小さいし、これ、散歩につれてったら大騒ぎになるわよー」

「まあ、うれしいです」

ブスでもいい、と本気で思ってたくせに、すっかり喜ぶ私。

が、美形ゆえに値段がどんどん釣り上がってしまったことはお話ししておこう。美が女のコの価値を大きく左右するのは人間も同じね、ぐすん。

そんなわけで一週間前、トイプードルの女のコがわが家にやってきた。三匹生まれたうち、お兄ちゃんは私の友だちのところへ、もう一匹のお兄ちゃんは、ダンスを仕込まれアトラクションに出る犬になったそうだ。それだけかわいいということらしい。

たった四百グラムしかない小犬。ちなみに今、ダイエット中の私は、このあいだ一日で四百グラム減った。ということは、私の中で一日で消えたり増えたり、ウ◯コになってしまう、ほんのはかない肉のカタマリと同じということ。

しかしブリーダーさんが「私の最高傑作」というぐらい本当にかわいい。全体的に丸っこくて毛糸玉みたいだ。編集者に見せたら、

「ぜひモデル犬として貸してください」

という申し込みも。うれしくて、みんなに写メールで送る。すぐに、

「これはもう犯罪的なかわいさ！」

という返事も。

もちろんナオミ・カワシマにも送ったわ。

「今度、おたくのシナモンちゃんと遊ばせてね」

ナオミさんからは、さっそくシナモンちゃんのご近影が。こうして〝親バカ〟仲間に組み込まれていくのね。

ま、近々デビューさせるからきっと見てね。アンアンにモデルとしてきっと出してもらう。すぐ見たい人は私のブログで。

おフランス三昧

独身の頃、私にはヒマはなかったが自由はあった。お金もあった。世の中はバブルを迎えようとしていた。

おかげでしょっちゅう海外へ出かけては買物三昧、美味三昧。多い時には一年に七回も旅行していた。マイレージなんかなかった時代なのに、ヨーロッパやニューヨークに行く時も必ずファーストクラスに乗ったワ。

そう、中東のさる国で働いていた恋人と会うため、イスタンブールへひとり行ったのもあの頃。なんてインターナショナルな私だったのかしらん。

昨日のこと、私はフランス大使公邸へ行った。「ベルサイユのばら」でおなじみの池田理代子さんが、日仏文化の交流に尽くしたということでレジオン・ドヌール勲章をもらうことになり、その授与式のためだ。

一時期、声楽のために体重を増やしていた池田さんだったが、しばらく見ないうちにまたほっそりとした体型に戻ってて、本当に綺麗。美しいソプラノの声で、堂々とお礼のスピーチをしてカッコよかった。理代子お姉さま、ステキ!

参列者六十人ぐらいで、その後ちょっとしたカクテルパーティが行われた。私が顔見知りとぺちゃくちゃ喋っていたら、背の高いハンサムなフランス人男性が寄ってきて、

「ハヤシさん、久しぶりです」

流ちょうな日本語で話しかけてくるではないか。

あーら、びっくり。私の友人の元ダンナだった。

私の友人が、フランス人外交官と結婚したのは十五年ぐらい前のこと。グラン・ゼコールを出たエリートだし、映画俳優みたいな顔だし、おまけに日本好きで日本語ペラペラ。いずれは駐日大使になる人らしい。

「こんなレディスコミックに出てくるようなお話って、本当にあるのねー」

とみんな羨ましがっていたものである。

友人夫妻は結婚後、パリに住んでいたので、あちらで会って食事をしたこともある。そしてしばらくしたら、国連勤務になって今度はニューヨークへ。ニューヨークでも会ったわ。友人は二人の子どものお母さんになっていた。ハーフだから、もうめちゃくちゃ可愛い。

友人と一緒に五番街にお買物に行ったら、彼女が自分の身分証明書を見せた。

「外交官とその家族は、税金が免除されて一割安くなるの。私が買ったことにしてあげる」

本当に羨ましかったワ。

が、やがて月日が流れ、友人たちが離婚したというニュースを風の噂で聞いた。

そして今、彼の方はかなり上のポストに就いて、再び日本にやってきていたのである。残念ながら再婚しているそうだが、

「今度、おいしいワインでも飲みに行きましょう」

と約束して別れた。

ところで、昔、日本人はもっとフランスのことが好きで、フランスに憧れていたような気がする。しかし、この頃は風向きが違う。

日本の某名門カトリックの小中一貫校。ここは小学校からのフランス語の授業が売り物であった。が、今度から中国語になるそうである。こっちの方が時流というものらしい。もちろん中国語も悪くないけれど、フランス語のかもし出す雰囲気というのは独特のものがある。昨日のパーティには、過去レジオン勲章をもらった人も何人かいらしていた。その中のおひとりは、銀座日動画廊の長谷川智恵子さんである。日本を代表する美女として、世界の巨匠の絵のモデルになっている。

もうお孫さんもいるお年だというのに、その美貌は衰えることはない。ところどころラメの入った黒いパンツスーツに、髪はかっちり後ろにまとめ、その夜もシックだけど目立つ装い。大使と抱き合って、ほっぺにチュッされる挨拶もきまっている。もちろんフランス語ペラペラで、私は見惚れてしまった。他にもフランス語が喋れる日本人が何人もいらした。

そういえば、と私は思い出した。

江原啓之さんからこう言われたことがあるのだ。

「ハヤシさんはフランス人の恋人を持って、将来あっちで暮らすようになります」

しかしその年、会話を交わしたフランス人というのは、フランス料理店のマネージャー、ただひとりであった。次の年は誰にも会わず、その次の年も、その次の年も、そんなもん。出会ったフランス人といえば、食事の最後に挨拶に顔を出すシェフぐらいのものかしらん。しかし、この一気大量のフランス人。そりゃそうです。フランス大使公邸だもん。だけど、なんかいいことが起こりそうな予感がする……。

そういえば、長いことマガジンハウスパリ支局長をつとめた村上香住子さんの、初の自伝小説『恋愛、万歳』、すごくいい。それによると、人妻でありながら、フランス大使と恋におちてしまう。あっちの男性って「私の真珠さん」なんて言うのか……。うん、素敵。そお、がんばる、「もう一度インターナショナル！」

開け！チョロランマ

近所のクリニックの医師から、
「スープダイエットをやってみませんか」
と言われたのは二ヶ月前のこと。そのスープがやっと完成し、私も実験台になることにした。

一日めはスープとフルーツだけ食べる。二日めはスープと野菜だけ。油もあまり使わないように、と言うのでおひたしをひたすら食べた。三日めはスープと野菜と果物を好きなだけ。この日はイチゴとパイナップルを食べまくる。四日めは、スープとバナナ、スキムミルク。バナナを四本食べた。五日めはスープと、なぜか牛肉以外のお肉とトマト。デパ地下で塩の焼きトリをいっぱい買ってきてパクパク食べたわ。

そして昨日はスープと牛肉をいくらでも食べていいんだと。白菜とで、ひとりしゃぶしゃぶ。

そして最終日の今日は、玄米と野菜とフルーツジュースの日。今のところ、二キロぐらい痩せたかしらん。このあと加圧トレーニングにも行って筋肉をひき締める。

体重の減りはそうでもないが、体型がかなり変わったようで、着るものでよくわかる。今まで前ボタンがきつかったものがすんなり入るのだ。

ここでいつもだと、買物に走るのであるが、今回は違う。以前買ったものを、頭を使ってコーディネイトすることに決めたのである。

私のクローゼットには、膨大な量の服が眠っている。一度も着ていないルイ・ヴィトンのスプリングコートに、昨年、撮影のため買ったものの、きつかったのでその後一度も着ていないジル・サンダーの薄〜い革のジャケット、そしてプラダのばら色のブラウス。これもきつくて一度しか着ていない。

ああいうものを眠りから覚まさせてやろう。そう、私は「スリム」という魔法の杖をふるのだ。

「さあ、みんな、ゆっくりと目を開けるのよ」

が、ご存知のように、私のクローゼットはあまりにもすごいことになっている。回転ラックはもはやぴくりとも動かず、床は何も見えない。「チョロランマ」と名づけた場所である。私もここ数年足を踏み入れていない場所に、果敢に挑戦した人がいる。

フィリピン人のメイドさんである。

前から勤めてくれていた家政婦さんが、病院通いのために月曜日を休みたいと言い、代わりにフィリピンの人を一ヶ月だけ頼んだのだ。

まあ、よく働くこと。一分たりとも休憩をとらず、月曜日の午後四時間、ぴっちりと掃除をしてくれる。

ある日、彼女は私を手招きする。そしてクローゼットのドアを開けて、こう言ったのである。彼女の方がはるかに英語がうまい。

「ここを片づけましょうか?」

「ノー、プロブレム!」

私は叫んだ。

「私が後でやるからいいのよ。そのままにしといて」

異国の人に、こんな汚いもの見られたくないわ。日本の恥になるもん。

ところがおとといのこと、彼女が働く最後の日。私はちょっと遅く帰ってきた。そしてクローゼットを見てびっくり。見事に片づいているではないか。

今まではあまりの惨状に、ドアを開け、ちょっと手を伸ばせば届くところにしか服を置けなかった。ところが三畳のクローゼット、ずーっと奥までいけるではないか。こんな服もあったのかとびっくりすることばかり。

トレンドをどこまで考慮するかというのが微妙な問題であるが、そこはもう自己責任。いちばん流行が出やすいジャケットは、涙を呑んでダンボール行き。このダンボールはどこへ行くかというと、故郷山梨や、弟一家が住んでいる兵庫に向かうのである。

これからは知恵を絞り、体も絞り、出来る限り服を買わない。そお、スリムな体にシンプルな服。昔買ったもんも、ヴィンテージということで大切にしよう。

などと心に決めていたら、携帯が鳴った。写メールが送られてきた。仲よしのファッション誌編集者からである。

「ハヤシさん、今、バーゲンに来てるけど、特別に写させてもらいました。これすっごく高いコートだけど、四分の一ぐらいになってるよ！」

「買う、買う」

早くも今年の冬のために、お買上げしてしまう私である。これは別の編集者から聞いたことであるが、

「展示会が熱っぽい」

んだそうだ。

「欲しいもんがいっぱい。今はみんな我慢してるけど、誰かが火をつけたら、パッと買っちゃいそう。もうそろそろ我慢も限界じゃない？　今の女のコ、お金が本当にないわけじゃないし」

そういえばこのあいだのガールズコレクション。大盛況だったらしい。女のコたちは、

「買うよ。そのために働いてるもん」

と頼もしい声。私はもうちょっと、開通したばかりのチョロランマで頑張るけど。

こんなの、あり？

このあいだのａｎａｎ「美女レシピ」特集で、ＳＨＩＨＯちゃんと対談したの、見てくれましたか？

あの時、ＳＨＩＨＯちゃんが結婚するとは知らなんだ。そういえば、ちょびっとノロケていたような気もするけど……。

それにしても前から綺麗だと思っていたけれど、あの日のＳＨＩＨＯちゃんはキラキラ輝いていたっけ。

近くで見ても、本当にうっとりするぐらい肌が美しく艶がある。そして目も鼻も口も、みーんな整っているんだけれども、少女のようなキュートさを持っているのがＳＨＩＨＯちゃんの魅力でしょう。

性格もすっごくよくて、おばあちゃんがいる大家族で、大切に育てられた感じがよーくわかる。若い女のコのカリスマになる条件が全部揃ってるよね。

それればかりじゃない。対談が終わり、私服のパンツにはき替えたＳＨＩＨＯちゃんが立ち上がった時だ。ヒップがテーブルの上に位置していたのには、心底びっくりしてしまっ

た。カウンター式のかなり高いテーブルなのに、それでもヒップの方が上にあるのだ。世の中にこんなにスタイルがいい女性がいるのか。しかも顔がものすごく可愛い！　こんなのってあり？

私、この頃、タレントさんや女優さんを見ていて、腹が立つというより、理不尽な気持ちにとらわれることがある。どうして顔が綺麗な人はスタイルもいいのか。顔がいいか、スタイルがいいか、どっちかにしてほしい。どっちもいいって、あまりにも天の配剤ということに関して不公平ではなかろうか。

が、編集者が言うには、若手美人女優ナンバーワンのA子さんだけは、すっごく脚が短くて、着るものに苦労するそうだ。それ以来、意地の悪い目でよーく観察すると、確かにスカートから膝までの距離が短いかも。が、これもふつうの女のコのサイズであろう。ま、美女というのは、神さまが隅から隅まで注意深く作っていることには変わりない。

さて、私はスープダイエット、ホッシーは編集部のみんなと何人かで、糖質なしの食事を一週間頑張った。その結果、私は二・五キロ痩せ、お腹のまわりが五センチ減。ホッシーは三キロ痩せたそうだ。

「やっぱり炭水化物抜くと、ぐーんと痩せるんだね」

と、私らは納得した。といっても、朝六時に起きて仕事をする私は、朝、ご飯を一杯だけ食べないと、どうも体が動かないような気がする。

マリコブログの、ファンサイトの書き込みは有難くて、

「マリコさん、そういう時は玄米を食べるといいですよ」

といったアドバイスがいろいろある。さっそくやってみたところ、減った体重を維持出来ている。が、別の人だと思うけど、ファンサイトにこんなのもあった。

「マリコさん、確かに顔はほっそりしたけど、せっかくのジャケットの二の腕がぱんぱんです。もっと頑張りましょう」

こんなに皆さんが見ているかと思うと、緊張で身がひきしまるような思いが。まことに有難いんだけど、みんないろいろ書いてくるんですよね。

先月のはじめ、私はジル・サンダーのショップで、ミント色の素敵なスカーフを手に入れた。シルク入りで、うんと高かったけど買っちゃった。だって流行の色ですもん。こんなに注目されてる私が、去年やおとといのスカーフは巻けないわ。

すると担当のスタッフがこう教えてくれた。

「ハヤシさん、今年の巻き方は、テクニックを使わないで。ほら、こういう風に持ってください」

端も端、両手で糸を一本つまむような感じで持つ。そしてスカーフ全体を上にひき上げ、一本の長い布にする。そしてすぐさまそれを無造作に首に巻きつける。

「こういう風に、ざっくりやるのが今年風です」

なるほどね、と思い、私はうちに帰ってきてハタケヤマの前で講習会を開いた。

「ほーら、こういう風に巻くの。ざっくり、無造作にね。これが今年風なの」

すると彼女から、冷たいひと言。

「それが何か……？　いつもハヤシさんそうやってますよ」

本当にやな女だ。

そうしたら昨日、ブログの私の写真を見て、ファンサイトにこんな書き込みが。

「スカーフの巻き方を変えましょう。もっとすっきり見えますよ」

やだなー、わかってないな。これが今年風なのよ、と私は反論したのであるが、写真を見ると、やっぱりなんか野暮ったいスカーフ姿のもっさりおばちゃんが。

流行とスッキリのかねあい。これが私にとっての大きな課題でありましょう。

そう、そう、二の腕問題だが、加圧トレーニングでも、ここを重点的にやっている。夏までにはノースリーブをめざしている私。ノースリーブのワンピも二枚買った。

「めざせ、ＳＨＩＨＯ」

はあまりにも図々しく、なれっこないゆえ、

「脱げ、カーディガン」

これを目標にかかげることにした。

口の中のベンツ

何かと私の仕事を手伝ってくれるマキちゃんは、放送作家で、ふだんはスタバで働いている。とてもよく気がつく美人で、今は私のウェブのファンサイトの管理人もしてくれている。

彼女は茨城の出身で、おうちは農家だ。ここのご両親が、毎年手づくりで干し芋をつくってくれるのだが、おいしい、なんてもんじゃない。ひとつひとつ手づくりの丸イモで、まるでスイートポテトのような甘さを持つ。これは毎年十箱ぐらいしかつくれないということであるが、全部私が買い占め、食通の友人や各編集部に送っている。中には「ミラクル・ポテト」と絶賛する人もいるぐらいだ。

私はご存知のように、ダイエットのため甘いものやご飯類は夜食べない。糖質は朝とるようにしている。が、夜、酔っぱらって帰ってくると理性がすべてふっとぶの。そお、明日の朝用にと、楽しみにとっておいた干し芋にかぶりついたのだ。ねとねとと甘い感触が口の中に……。ああ……幸せ……。が、ガリッと私はヘンなものを噛んだ。そお、奥歯がとれちゃったのである……。

歯には本当にお金と手間を使ってきた私。今でこそ大人になってからの矯正は珍しいものではないが、最初にやった目立つ人間は私ではないかと思う。三年半、歯にブリッジをし、寝る時はヘッドギアをしていた私の努力は、今でも語りぐさになっている。その結果、私の口元はかなり変わり、「ハヤシマリコ美容整形説」が出まわる発端になったのである。

当時、私はかなり得意になり、いろんなところで言いふらしていた。

「キレイになるのに、遅過ぎるなんていうことはありませんわよ」

そして出っ歯の人に会うたび、

「歯を直した方がいいわよ」

と失礼なことを口にしていたものだ。そして矯正して十年後、私は大変なことに気づいた。歯を七本抜いて、隙間を埋めていったのであるが、大人の歯には思わぬ落とし穴がある。子どもの矯正と違い、うまく歯が寄っていかない。前歯の中心部に、三角形の隙間が出来たのだ。笑うと、いちばん真中に黒い小さなデルタ地帯。ビンボーたらしいったらありゃしない。

矯正をしてもらったクリニックに相談したところ、

「少し削って、セラミックをかぶせましょう」

ということであった。ついでに奥の銀色のかぶせものも直したのが、今回の悲劇のもとになったのである。

さて、矯正もお金がかかったが、セラミックはそんなもんじゃなかった。アメリカへ特

注を出したので、一本がひっくり返るような値段であった。が、歯はいい治療をするとなるとうんとお金がかかる。私の友人は、

「口の中にベンツが入ってる」

と言っているぐらいだ。私の場合も国産車のいいやつが入っているかも。

とにかく私の歯は、セラミックによってすっきりとなった。まるで女優さんの歯みたい。そお、この頃の女優さんやタレントさんは、デビュー前に歯を直しておくので、みんなすごくキレイ。やや人工がかってるが完璧だ。昔は八重歯があったり、歯がかなり乱れていた人も多かったが、今はそんなことは全くない。

私も歯のキレイさだけは、女優さん並みになったのであるが、ここでひとつ問題が。そお、セラミックの場合、食べ物がとても付着するのだ。自分の歯だと、何かついていると感触でわかるものであるが、やはり一枚へだたるものがあると、とてもわかりにくい。

お好み焼きやフグを食べる時、私はとても緊張する。そお、青のりやネギがついてしまうのである。

おとといは最悪だった。男の人と二人、なごりのフグを食べていたのであるが、奥歯が一本ないもんで、コリコリした煮こごりが噛み切れないのである。そればかりではない。うーんと気をつけ、しょっちゅう舌で確認するというお行儀悪いことをしていたにもかかわらず、トイレに行ったら、ネギが歯の間に三ヶ所はさまっているではないか。

私は心に決めた。

「もうデイトの時に、絶対にフグを食べない」

本当にいくつになっても、歯には苦労します。またそれだけの価値が歯にはある。女の顔の印象をがらっと変えるのが歯並びですもん。

ところが案外構わない女のコが多くて、私はびっくりすることがある。今の世の中、芸能人はものすごく歯には気をつけている。また、その人の「生まれ育ち」を表すものとして、小学生ぐらいの子どもは、ものすごく高い確率で矯正している。さっきも言ったように三十代で矯正する人も多い。が、そのハザマの二十代が、案外歯に気をつかっていないのだ。おそらく洋服や身につけるものにいちばんお金がかかる時なのだろう。が、ちょっとお金に余裕が出来たら、歯のこと考えてね。歯だけは大っぴらに出来る美容整形だからね。男とフグ食べられなくても、別のいいことがある！

初出『ａｎａｎ』連載「美女入門」（二〇〇八年二月二十日号〜二〇〇九年五月七日号）

林 真理子（はやし・まりこ）
一九五四年山梨生まれ。コピーライターを経て作家活動を始め、八二年『ルンルンを買っておうちに帰ろう』がベストセラーに。八六年「最終便に間に合えば」「京都まで」で直木賞、九五年『白蓮れんれん』で柴田錬三郎賞、九八年『みんなの秘密』で吉川英治文学賞をそれぞれ受賞。著書に『下流の宴』『六条御息所 源氏がたり 一、光の章』など。エッセイ集に「美女入門」シリーズ『美は惜しみなく奪う』などがある。公式ブログ「林真理子のあれもこれも日記」(http://hayashi-mariko.kirei.biglobe.ne.jp/)オープン。

地《じ》獄《ごく》の沙《さ》汰《た》も美《び》女《じょ》次《し》第《だい》

二〇一〇年一一月二五日 第一刷発行

著者 林 真理子

発行者 石﨑 孟

発行所 株式会社マガジンハウス
〒一〇四-八〇〇三
東京都中央区銀座三-一三-一〇
電話 受注センター〇四九（二七五）一八一一
書籍編集部〇三（三五四五）七〇三〇

印刷・製本所 凸版印刷株式会社

ブックデザイン 鈴木成一デザイン室

ISBN 978-4-8387-2210-5 C0095